琼瑶

作品大合集

还珠格格

第一部 1

阴错阳差

琼瑶 著

作家出版社

琼瑶，本名陈喆，作家、编剧、作词人、影视制作人。原籍湖南衡阳，1938年生于四川成都，1949年随父母由大陆赴台生活。16岁时以笔名心如发表小说《云影》，25岁时出版首部长篇小说《窗外》。多年来笔耕不辍，代表作包括《烟雨蒙蒙》《几度夕阳红》《彩云飞》《海鸥飞处》《心有千千结》《一帘幽梦》《在水一方》《我是一片云》《庭院深深》等。

多部作品先后改编成为电影及电视剧，琼瑶也因此步入影视产业。《六个梦》系列、《梅花三弄》系列、《还珠格格》系列等，影响至深，成为几代读者与观众共同的记忆。

琼瑶以流畅优美的文笔，编织了众多曲折动人的故事。其作品以对于梦的憧憬和爱的执着，与大众流行文化紧密结合，风靡半个多世纪，成为华文世界中极重要的文学经典。

我為愛而生，我為愛而寫
文字裡度過多少春夏秋冬
文字裡留下多少青春浪漫
人世間雖然沒有天長地久
故事裡火花燃燒愛也依舊

瓊瑤

第一章

乾隆年间，北京。

紫薇带着丫头金琐，来到北京已经快一个月了。

几乎每天每天，她们两个都会来到紫禁城前面，呆呆地凝视着那巍峨的皇宫。那高高的红墙，那紧闭的宫门，那禁卫森严的大门，那栉比鳞次的屋脊，那望不到底的深宫大院……把她们两个牢牢地、远远地隔开。皇宫，那是一个禁地，那是一个神圣的地方，那是个"可望而不可即"的梦想。紫薇站在宫外，知道不管用什么方法，她都无法进去。更不用说，她想要见的那个人了！

这是一个无法完成的任务。可是，她已经在母亲临终时，郑重地答应过母亲了！她已经结束了济南那个家，孤注一掷地来到北京了！但是，一切一切，仍然像母亲经常唱的那首歌：

"山也迢迢，水也迢迢，山水迢迢路遥遥！

"盼过昨宵，又盼今朝，盼来盼去魂也销。"

不行，一定要想办法。

紫薇这年才十八岁，如此年轻，使她的思想观念，都仍然天真。从小在母亲严密的保护和教育下长大，使她根本没有一点儿涉世的经验。丫头金琐，比她还小一岁，虽然忠心耿耿，也拿不出丝毫主张。紫薇的许多知识，是顾师傅教的，是从书本中学习来的。自从发现有一个衙门叫作"太常寺"，专门主管对"礼部典制"的权责，她就认定只有通过"太常寺"，才能见到想见的人。于是，三番五次，她带着金琐去太常寺门口报到。奇怪的是，那个太常寺的主管梁大人，几乎根本不上衙门。她求见了许多次，就是见不到。

这天，听说梁大人的官轿，会经过银锭桥，她下了决心，要拦轿子！

街道熙来攘往，十分热闹。

紫薇带着金琐，站在路边张望。她的手里，紧紧地攥着一个长长的包袱。包袱里面，是她看得比生命还重要的两样东西。这两样东西，曾经把大明湖边的一个女子，变成终身的俘虏。

紫薇，带着一份难以压抑的哀愁，看着那行人来往穿梭的街道，心里模糊地想着，每个人都有自己的目的和方向，只有她，却这么无助！

行人们走去走来，都会不自禁地深深看紫薇一眼。紫薇，她是相当美丽的。尽管打扮得很朴素，穿着素净的白衣白裙，脸上脂粉不施，头上，也没有钗环首饰。但是，那弯弯的眉毛，明亮的眼睛，和那吹弹可破的皮肤，那略带忧愁的双眸，在在都显示着她的高贵，和她那不凡的气质。再加上紧跟着她的金琐，也是明眸皓齿，亮丽可人。这对俏丽的主仆，夹在匆忙的人群中，依然十分醒目。

街道虽然热闹，却非常安详。

忽然间，这份热闹和安详被打破了。

一阵马蹄杂沓，马路上出现了一队马队，后面紧跟着手拿"肃静""回避"字样的官兵。再后面是梁大人的官轿，再后面是两排整齐的卫队，用划一的步伐，紧追着轿子。一行人威风凛凛，嚣张地前进着。

马队赶着群众，官兵吆喝着：

"让开！让开！别挡着梁大人的路！……"

紫薇神情一振，整个人都紧张起来，她匆匆地对金琐喊：

"金琐！我得把握机会！我出去拦轿子，你在这儿等我！"

紫薇一面说，一面从人群中飞奔而出。金琐急忙跟着冲出去。

"我跟你一起去！"

　　紫薇和金琐，就不顾那些官兵队伍，直奔到马路正中，切断了官兵的行进，拦住轿子，双双跪下。紫薇手中，高举着那个长形的包袱。

　　"梁大人！小女子有重要的事要禀告大人，请大人下轿，安排时间，让小女子陈情……梁大人……梁大人……"轿子受阻，被迫停下，官兵恶狠狠地一拥而上。

　　"什么人？居然敢拦梁大人的轿子。"

　　"把她拖下去！……滚开！滚开！有什么事，上衙门里说……"

　　官兵们七嘴八舌，对两个姑娘怒骂不已。

　　金琐忍不住就喊了出来：

　　"我们已经去过衙门好多次了，你们那个太常寺根本就不办公，梁大人从早到晚不上衙门，我们到哪里去找人？"

　　一个官兵怒吼着说：

　　"我们梁大人明天要娶儿媳妇，忙得不得了，这一个月都不上衙门。"

　　紫薇一听，梁大人一个月都不上衙门，就沉不住气了，对着轿子情急地大喊：

　　"梁大人！如果不是万不得已，我也不会拦住轿子，实在是求助无门，才会如此冒犯，请梁大人抽出一点时间，听我禀告，看看我手里的东西……"

　　官兵们早已七手八脚地拉住紫薇和金琐，不由分说地往路边推去。

“难道梁大人，只管自己儿子的婚事，不管百姓的死活吗？”紫薇伸长脖子喊。

“呼啦”一声，轿帘一掀，梁大人伸了一个头出来。

“哪儿跑来的刁民，居然敢拦住本官的轿子，还口出狂言，是活得不耐烦了吗？”

紫薇见梁大人露面，就拼命挣扎着往回跑。

“大人！听了我的故事，你一定不会后悔的……请你给我一点点时间，只要一点点就好……”

“谁有时间听你讲故事？闲得无聊吗？”梁大人回头对官兵吼着，“别耽搁了！快打轿回府！”

梁大人退回轿子中，轿子迅速地抬了起来，大队队伍，立刻高喊着“回避……肃静……”继续前进。

紫薇和金琐被官兵一推，双双摔跌在路旁。

围观群众，急忙扶起二人。一个老者，摇头叹气地说：

“有什么冤情，拦轿子是没有用的，还是要找人引见才行。”

紫薇被摔得头昏脑涨，包袱也脱手飞去。金琐眼明手快，奔过去捡起包袱，掸掉灰尘，拿过来，帮紫薇紧紧地系在背上，一面气冲冲地说：

“这个梁大人是怎么回事？他儿子明天娶媳妇，就可以一个月不上衙门，我们要怎么样才能见着他呢？小姐，我们的盘缠已经快用完了，这样耗下去，要怎么办啊？

我看这个梁大人凶巴巴的，不大可靠，我们是不是另外找个大人来帮帮忙比较好？"路边那个老者，又摇头叹气：

"天下的'大人'都一个样，难啊！难啊！"

紫薇看着那消失的卫队和轿子，摸摸自己背上的包袱，不禁长长地叹了口气。片刻之后，她整整衣服，振作了一下，坚决地说：

"不要灰心，金琐。我一定可以想办法来见这个梁大人的！见不着，再想别的门路！"说着，她忽然想到什么，眼睛一亮，"他家明天要办喜事，总不能把贺客往门外赶吧？是不是？"

"小姐，你是说……"

"准备一份贺礼，我们明天去梁府道贺！"紫薇并不知道，她这一个决定，就决定了她的命运。因为，她会在这个婚礼上，认识另一个女子，她的名字叫作小燕子。

小燕子是北京城芸芸众生中的一个小人物，今年也是十八岁。

在紫薇拦轿子的这天晚上，小燕子穿着一身"夜行衣"，翻进一家人家的围墙。这家人第二天就要嫁女儿，正是要嫁进梁府。用小燕子的语言，她是去"走动走动"，看看有什么东西"可拿"！新娘子嫁妆一定不少，又是嫁给梁府，不拿白不拿！她翻进围墙，开始一个一个窗子去张望。

她到了新娘子的窗外，听到一阵呜呜咽咽的饮泣声。

舔破了窗纸，她向里面张望，不看还好，一看大惊失色，原来新娘子正爬在一张凳子上，脖子伸进了一个白绞圈圈，踢翻了椅子在上吊！她忘了会暴露行藏，也忘了自己的目的，想也没想，就一推窗子，穿窗而入，嘴里大叫：

"不好了！新娘子上吊了！"

梁府的婚礼非常热闹。

那天，紫薇穿了男装，化装成一个书生的样子，金琐是小厮。自从去年十月离开济南，她们一路上都是这样打扮的。虽然，她们自己也明白，两个人实在不大像男人，但是，除了女扮男装，也不知道该怎么办才好，女装未免太引人注目了。好在，一路上也没出什么状况，居然就这样走到了北京。

婚礼真是盛大非凡。她们两个，跟着成群的贺客们，顺利地进了梁府的大门。

吹吹打打，鼓乐喧天。新娘子被一顶华丽的大轿子抬进门。

紫薇忍耐着，好不容易，等到新娘凤冠霞帔地进了门，三跪九叩地拜过天地，扶进洞房去了。梁大人这才从"高堂"的位子走下来，和他那个趾高气扬的儿子，眉开眼笑地应酬着宾客。紫薇心想，这个机会不能再放过了，就混在人群中，走向梁大人。

"梁大人……"紫薇扯了扯梁大人的衣袖。

“你是？”梁大人莫名其妙地看看紫薇。

紫薇有所顾忌地看看闹哄哄的四周。

“我姓夏，名叫紫薇。有点事想麻烦梁大人。能不能借一步说话？”

“借一步说话，为什么？”这时，梁大人的儿子兴冲冲引一名老者过来，将紫薇硬给挤了开去。

“爹，赵大人来了！”

梁大人惊喜，忙不迭迎上前去。

紫薇不死心地跟在梁大人身后，亦步亦趋。心里实在很急，说话也就不太客气：

“梁大人，该上衙门当差你不去，到你家里跟你说句话也这么困难，难道你一点都不在乎百姓的感受吗？”

梁大人看着这个细皮白肉、粉妆玉琢的美少年，有些惊愕。

“你是哪家的姑娘，打扮成这个模样？去去去，你到外面玩去！亲戚们的姑娘都在花厅里，你去找她们，别追在我后面，你没看到我在忙吗？”

“昨天才见过，你就不记得了吗？拦轿子的就是我，夏紫薇！”

“什么？你混进来要做什么……”梁大人大惊，这才真的注意起紫薇来……

谁知就在这个时候，一个突发的状况，惊动了所有的宾客。

　　一个红色的影子，像箭一般直射而来，闯进大厅。大家一看，不禁惊叫，原来狂奔而来的竟是新娘子！她的凤冠已经卸下了，脸上居然是清清爽爽，脂粉不施，她的背上，背着一个庞大的、用喜樟包着的包袱。在她的身后，成群的喜娘、丫头、家丁追着她跑，喜娘正尖声狂叫着：

　　"拦住她！她不是新娘子！她是一个女飞贼呀！"那个"女飞贼"正是小燕子。她横冲直撞，一下子就冲了过来，竟然把梁大人撞倒在地。所有的宾客都惊呼出声，紫薇和金琐也看得呆了。这个局面实在太可笑了。新娘子穿着一身红，背着红色大包袱，在大厅里跳来跳去，一群人追在后面，就是接近不到她。

　　她看来还有一些身手。

　　梁大人从地上爬起来，被撞得七荤八素。

　　"这是怎么回事？"

　　喜娘气急败坏地跑着，追着小燕子喊：

　　"新娘子不见了呀！她不是程家小姐，是个小偷……快把她抓起来呀！"

　　满屋子的客人发出各种惊叹的声音。

　　"什么？新娘子被调包了？岂有此理！"梁大人大叫，"新娘子到哪里去了？""不知道呀，我刚才进房里的时候，看到这丫头穿着新娘的衣裳在偷东西！她把整个新房都掏空了，全背在背上呢！"喜娘喊着。

"来人呀！"梁大人怒吼着，"快把她给我抓起来！"

一大群家丁，冲进房里来抓人。

小燕子在大厅里碰碰撞撞，一时之间，竟脱身不得。身上的大包袱，不是撞到人，就是撞到家具，所到之处，桌翻椅倒，杯杯盘盘，全部跌碎，落了一地。宾客们被撞得东倒西歪，大呼小叫，场面混乱已极。当家丁们冲进来之后，房间里更挤了。小燕子忙拿起桌上的茶杯糖果为武器，乒乒乓乓地向家丁们掷过去。嘴里大喊着：

"你们别过来啊！过来我不客气了！看招！"

梁大人又羞又怒，气得跺脚。

"新娘子一定被她藏起来了！快抓住她！仔细审问！"

家丁们大声应着，奋勇上前，和小燕子追追打打。

不料，这个"女飞贼"还有一点武功，身手敏捷，背着个包袱，还能挥拳踢腿，把那些家丁打得稀里哗啦，跌的跌，倒的倒。可惜背上的包袱太大，东撞西撞，施展不开。她忽而跳上桌，忽而跳下地，把整个喜气洋洋的大厅，打得落花流水。

紫薇和金琐看得目瞪口呆，对这个"女飞贼"折服不已。金琐忍不住对紫薇低语：

"哈！这个女飞贼，帮我们报了拦轿子的仇了！这就叫……"

"恶人偏有恶人磨！"紫薇笑了。心想，这个女飞贼，还不一定是"恶人"呢！

　　小燕子几次想冲到窗前，都被背上的包袱拖阻。家丁却越来越多。她四下一看，见情势不妙，当机立断，飞快地卸下包袱，一把拉开，金银珠宝顿时漫天撒下。她大嚷：

　　"看呀！梁贪官的家里，什么都有，全是从老百姓那儿搜刮来的！大家见到的都有份儿！来呀！来抢呀！谁要谁拿去，接着啊……不拿白不拿！"

　　宾客见珍珠宝贝四散，惊呼连连，拥上前去观看，忍不住就抢夺起来。

　　小燕子乘隙逃窜，逃到紫薇和金琐身边，紫薇看了金琐一眼，双双很默契地遮了过去，挡住了她，小燕子顿时穿窗而去。

　　梁大人怒不可遏，暴跳如雷。

　　"反了反了！天子脚下居然有这样荒唐的事……追贼呀！大家给我追呀……"

　　厅里的人，追的追，跑的跑，喊的喊，挤的挤，捡的捡……乱成一团。

　　紫薇拉着金琐，在这一片混乱中，出门去了。

　　出了梁府的大门，紫薇和金琐走在路上，两人虽然没办成自己的事，却不知道为了什么，兴奋得很。"这天下之大，真是无奇不有，这个婚礼，真让我大开眼界！"紫薇说。

　　"那个女飞贼，胆子不小，可惜武功不高，这下要空

手而回了！可惜可惜！……""空手而回还没关系，别被
抓起来才是真的！"

正说着，街上就传来一阵吆喝声，一队官兵冲散行
人，气势汹汹。

"让开！让开！不要碍着咱们抓贼！有没有人看到
一个红衣女子？有没有？谁藏着女贼，和女贼一起抓起
来！知道的人快说！"官兵们嚷嚷着。

行人摇头，纷纷走避。

官兵走到紫薇、金琐身前，仔细看二人，挥手说道：
"让开让开！别挡着路！到一边去！"

紫薇、金琐往路边一退，紫薇撞到路边一只遭弃置
的藤篮。忽然觉得有人拉了拉自己的衣襟，紫薇低头一
看，吓得差点张口大叫。

原来藤篮中，赫然躲着那个"女飞贼"！

小燕子仰头看着紫薇，清秀的脸庞上，有对乌黑乌
黑的眸子，闪亮闪亮的。紫薇对她，竟然生出一种莫名
的好感来。此时，她虽然狼狈，脸上仍然带着笑，双手
合十，拼命对紫薇作揖，求她别嚷。

紫薇眼看官兵快要走近，藤篮又无盖遮掩，她急中
生智，猛然一屁股坐在篮子上，打开折扇，从容地扇着风。

官兵经过两人身边，打量紫薇、金琐数眼，见两人
气定神闲，便匆匆而去。

紫薇直到官兵转入巷道，不见踪影，这才站起。

"人都走光了，你出来吧！"紫薇低头喊。

小燕子夸张地揉着脑袋，从篮子里站了起来，瞪着紫薇，大大一叹：

"完了完了！给你屁股这样一坐，我今年一定会倒霉！"

"喂，你这人懂不懂礼貌呀！"金琐不服气地冲口而出，"如果不是有我们帮你，这会儿你早就被官兵抓走了呢！"

小燕子拉着那件长长的礼服，揖拜到地。

"是，小燕子一天之内，被你们帮了两次，不谢也不成！我谢谢两位姑娘救命之恩，这总行了吧？"

小燕子，原来她的名字叫小燕子。紫薇想着，又奇怪地问：

"你怎么看出我们是女的？"

"刚才在梁家，我一眼就看出你们两个女扮男装来了，要不，怎么对着你笑呢？我劝你别扮男装了，这么细皮白肉的，哪像呢？"说着，就得意起来，"我不骗你们，这不管是男扮女，还是女扮男，扮老扮少，扮俊扮丑，我最内行了！改天有机会，我再传授你们两招，告辞了。"

小燕子脱下红色的礼服，打个结往背上一背，转身要走。

"等一下！我问你，你把人家新娘子藏到哪儿去了？"

紫薇好奇地问。

"这个嘛，恕我不便奉告。"

"你劫持新娘，盗取财物，又大闹礼堂，害得梁家的婚礼结不成，你会不会太过分了？难道你不怕闯出大祸来？你知不知道你这么做是犯法，要被关起来的。"

"我犯法？你有没有搞错，我小燕子向来是路见不平、拔刀相助的女英雄，我会犯法？犯法的是梁家那对父子，你懂不懂？"她瞪着大眼睛，抬高声音说着，看到紫薇一脸茫然，恍然大悟，"你们是从外地来的吧？"

紫薇点点头。

"那就难怪了，你们知不知道，梁家父子根本就不是好东西！看人家姑娘长得漂亮，也不管人家订过婚没有、愿不愿意，就硬是要把程姑娘娶进门。"

"你怎么会知道的？"

"事情就是巧极了，昨儿夜里，我一时高兴，到程家去'走动走动'，就给我撞到一件大事，原来新娘子正在上吊，被我救下来了！那个程姑娘才哭哭啼啼告诉我的！你想，我小燕子碰到这种事，怎么可能不帮忙呢？"

"有这种事？"紫薇悚然而惊。

"我骗你干什么！现在我可以走了吧？"

"那程姑娘人呢？"

小燕子瞧瞧四周，发现没有人在注意她们的谈话，就压低嗓子说：

“她已经连夜逃走了！现在，早就到安全的地方去了！”

“逃得掉吗？梁家一找，不就知道你们是一党了？还会放过程家人吗？”

“我们早就套好词了，程家现在正准备大闹梁府，问他们要女儿呢！反正一口咬定，女儿被梁家弄丢了就对了！”

“你真是胆大包天，你不怕被逮住呀？”紫薇真是又惊又稀奇。

“我？我会那么容易就叫人逮住？！哼！你们也太小看我了，我小燕子是出了名的来无影，去无踪，天不怕地不怕，没人留得住我的。”

“这会儿都走光了，当然由得你说喽！……”金琐笑了。

小燕子也笑了。紫薇和小燕子，就忍不住彼此打量起来。紫薇看到小燕子长得浓眉大眼，英气十足，笑起来甜甜的，露出一口细细的白牙。心里就暗暗喝彩，没想到，“女飞贼”也能这样漂亮！小燕子看到紫薇男装，仍然掩饰不住那种娇柔妩媚，心想，所谓“大家闺秀”，大概就是这个样子了！两人对看半晌，都有一见如故的感觉。但是，小燕子是没什么耐心的，这街道上还有追兵，不是可以逗留的地方。就看了看那件缀满珠宝的新娘装，一笑说：

“幸好还捞到一件新娘衣裳，总可以当个几文钱吧！

再见喽！"

小燕子就头也不回地扬长而去了……紫薇看着她的背影，这样的人，是她这一生从来没有见过的。她活得那么潇洒，那么自信，那么无忧无虑！一时之间，紫薇竟然羡慕起小燕来了。

紫薇并不知道，小燕子注定要在她生命里扮演一个重要的角色，小燕子和紫薇，来自两个截然不同的世界，应该是八竿子打不着的。可是，命运对这两个女子，已经作了一番安排。天意如此，她们要相遇相知，纠纠缠缠。

第二章

紫薇和小燕子第二次见面，是在半个月以后。

那天，她的心情低落。到北京已经一段日子了，自己要办的事，仍然一点眉目都没有。眼看身上的钱，越来越少，真不知道是不是放弃寻亲，回济南去算了。金琐看到紫薇闷闷不乐，就拉着紫薇去逛天桥。

到了天桥，才知道北京的热闹。

街道上，市廛栉比，店铺鳞次，百艺杂耍俱全。

地摊上，摆着各种各样的古玩、瓷器、字画。琳琅满目，应有尽有。

紫薇、金琐仍然是女扮男装。紫薇背上，背着她那个看得比生命还重要的包袱。紫薇不时用手勾着包袱的前巾，小心翼翼地保护着。

两人走着走着，忽然听到群众哄然叫好的声音，循声看去，有一群人在围观着什么。两人就好奇地挤进了人群。

只见，一对劲装的年轻男女，正在拳来脚去地比画着。地下插了面锦旗，白底黑字绣着"卖艺葬父"四个字。

那一对男女，一个穿绿衣服，一个穿红衣服，显然有些功夫，两人忽前忽后，忽上忽下，打得虎虎生风。

金琐忽然拉了紫薇一把，指着说：

"你看你看，那个大闹婚礼的小燕子也在那，你看到没有？"

紫薇伸头一看，原来小燕子也在人群中看热闹。

两人眼光接个正着。小燕子愣了一下，认出她们两个了，不禁冲着她俩咧嘴一笑，紫薇答以一笑。小燕子便掉头看场中卖艺的两人。

此时，两人的卖艺告一段落，两人收了势，双双站住。男的就对着围观的群众，团团一揖，用山东口音，对大家说道：

"在下姓柳名青，山东人氏，这是我妹子柳红。我兄妹俩随父经商来到贵宝地，不料本钱全部赔光，家父又一病不起，至今没钱安葬，因此斗胆献丑，希望各位老爷少爷、姑娘大婶，发发慈悲，赐家父薄棺一具，以及我兄妹回乡的路费，大恩大德，我兄妹来生做牛做马报答各位。"

　　那个名叫柳红的姑娘，就眼眶里蓄满了泪水，捧着一只钱钵向围观的群众走去。

　　群众看热闹看得非常踊跃，到了捐钱的时候，就完全不同了，有的把手藏在衣袖里不理，有的干脆掉头就走。只有少数人肯掏出钱来。

　　"他们是山东人，跟咱们是同乡呀！"紫薇转头看金琐，激动地开了口。

　　金琐对紫薇摇摇头，按住紫薇要掏钱包的手。

　　这时，小燕子忽然跃入场中，拿起一面锣，敲得"哐哐"的好大声。一面敲着，一面对群众朗声地喊着：

　　"大家看这里，听我说句话！俗话说得好，在家靠父母，出外靠朋友！各位北京城的父老兄弟姐妹大爷大娘们，咱们都是中国人，能看着这位山东老乡连埋葬老父、回乡的路费都筹不出来吗？俗语说，天有什么雨什么风的，人家出门在外，碰到这么可怜的情况，我看不过去，你们大家看得过去吗？我小燕子没有钱，家里穷得答答滴，可是……"她掏呀掏，从口袋里掏出几个铜板来，丢进柳红的钵里，"有多少，我就捐多少！各位要是刚才看得不过瘾，我小燕子也来献丑一段，希望大家有钱出钱，有力出力，务必让这山东老乡早日成行！柳大哥，咱们比画比画，请大家批评指教，多多捐钱啊！请！"

　　小燕子朝柳青抱拳一揖，然后就闪电一般地对柳青一拳打去。

柳青慌忙应战，两人拳来脚往，打得比柳红还好看。小燕子的武功，显然不如柳青，可是，柳青大概是太感动了，不敢伤到小燕子，难免就顾此失彼。小燕子有意讨好观众，一忽儿摘了柳青的帽子，一忽儿又把帽子戴到自己头上，一忽儿又去扯柳青的腰带，拉柳青的衣领，像个淘气的孩子。弄得柳青手忙脚乱，应接不暇。

围观的群众，不禁哈哈大笑。

柳红趁此机会，捧着钱钵向众人走去。

紫薇再也忍不住了，伸手掏钱。金琐急忙提醒她：

"我们剩的那些钱，已经快不够付房钱了……"

"看在都是山东人的分上，也不能不帮呀！何况，连小燕子都慷慨解囊了！我怎么能袖手旁观呢？"紫薇有些激动地说，已经掏出一小锭银子放入钵中。

"喏，这个给你！姑娘，我诚心祝福你们兄妹能够早日回乡。"

柳红看到紫薇出手就是银锭子，不禁一怔，有些不安地看看紫薇，弯腰道谢，便匆匆向前继续募捐。

经过小燕子的起哄，紫薇的慷慨，群众也都感动了，纷纷解囊，钱钵里渐渐装满。

紫薇和金琐浑然不知，自己的出手和背上的包袱，已经引起歹徒的注意。有个大汉，一声不响地蹭到两人身后，轻巧、熟练地抽出匕首来，割断紫薇背上包袱的两端，拿着包袱，转身就跑。

小燕子和柳青的表演赛正在高潮，小燕子要偷袭柳青，不料却被柳青揪住裤腰，单手举在半空中，小燕子吓得哇哇大叫：

"好汉饶命，我下次不敢了！救命啊！"

众人哈哈大笑。

小燕子在半空中，忽然看见歹徒偷了紫薇的包袱，正要溜走，不禁放声大喊：

"哪儿来的小偷！别走！你给我站住！"

小燕子这样一喊，歹徒拔腿就跑，柳青大吼一声，用力把小燕子向外一掷，小燕子如纸鹞般飞过众人的头顶，落下地，就向歹徒追去。

紫薇这才惊觉，伸手一摸，包袱已经不翼而飞，吓得魂飞魄散。

"天啊！我的包袱！"

"快追啊！"金琐喊着，拉着紫薇，没命地奔向歹徒的方向。

柳青和柳红两兄妹，也顾不得卖艺了，两人脚不沾尘地，也追向小燕子。

紫薇和金琐，跌跌撞撞地跑了好半天，这才看到，在一条巷子里，小燕子、柳青、柳红三人围住了歹徒，正打得天翻地覆。小燕子一面打，一面痛骂不已：

"在我面前卖功夫，你简直瞎了眼！还不给我把包袱放下！"

柳青也破口大骂：

"大胆毛贼，居然敢对我们的客人动手！看掌！"

歹徒哪里是这三人的对手，被打得七零八落。几下子，就被小燕子抓住了衣领。

"你要偷要抢，也要看看物件，人家也是出门在外的人，你偷了别人的盘缠，教人怎么回家？简直是个下三烂！"

歹徒知道今天栽了，愤愤不平地大嚷：

"大家都是走江湖，怎么你们可以用骗的，我不可以用偷的？"

"你还有的说？我们是让人家心甘情愿拿出来，你算什么？"小燕子大喊。

"还不把东西交出来？想送命吗？"柳青一拳打过去。

"不给你点厉害的瞧瞧，你不服气，是不是？"

柳红又一拳打过去。

歹徒知道没戏可唱了，大吼一声，抛出手中包袱，乘机飞逃而去。

紫薇看着包袱划过空中，不禁狂奔过去接包袱。

紫薇尚未接到包袱，小燕子已飞掠过去，稳稳地托住包袱，笑嘻嘻地一站。

"姑娘！谢谢你，为我追回了包袱，如果这些东西丢了，我就活不成了！"紫薇喘着气，气急败坏地说。

"这么严重？里面有多少金银珠宝呀？你赶快看看，

有没有被调包啊？"小燕子挑着眉毛说。

一句话提醒了紫薇和金琐两个，立刻紧紧张张地拆开包袱，小燕子好奇地伸头一看，只见包袱里还有包袱，层层包裹。紫薇一层层解开，里面，赫然是一把折扇和一个画卷。紫薇见东西好好的，不禁长长地松了一口气，把字画紧贴在胸口抱了抱，眼眶都湿了。

"谢天谢地！东西都在！"

小燕子睁大了眼睛。

"搞了半天，你这里面没有金银财宝，只有破字画，早知道就不帮你追了！费了我们那么大的劲儿！"

"你不知道，这些可是我们小姐的命，比任何金银财宝都重要！"金琐慌忙解释。

"谢谢你们捐了那么多银子，不好意思！现在，帮你们追回字画，算是回敬吧！"柳红对紫薇笑了笑。

"好了，东西找回来，就没事啦。小燕子，咱们还去'卖艺葬父'呢，还是今天就收工了？"柳青问小燕子。

紫薇这才惊觉，原来三人是一伙的，愕然地看着三人。

"原来……你们不是卖艺葬父，是在演戏？"

小燕子嘻嘻一笑，满不在乎地说：

"演得不坏吧？我的武功虽然不怎么样，我的演技可是一流的！"

紫薇啼笑皆非。

　　小燕子看看紫薇主仆，见两人文文弱弱、一副很好欺负的样子，不知怎的，就对两个人有点不放心。

　　她那爱管闲事的个性，和生来的热情就一起发作了，甩了甩头，她豪气地说：

　　"你们住哪里？我闲着也是闲着，送你们一程！"

　　就转头对柳青、柳红挥挥手："今天不用干活了，大杂院见！"

　　当小燕子走进紫薇客栈的房间，忍不住惊叫：

　　"哇！住这么讲究的房间，你们一定是有钱人！"

　　"什么有钱人，已经快要山穷水尽了。"紫薇叹口气，抬头看着小燕子，"姑娘，再谢你一次！"

　　"别姑娘姑娘的乱叫，叫我小燕子就成了。上回你们帮过我，咱们一报还一报，算是扯平了。我走了！"转身就要走。

　　"等一下！"紫薇喊着，诚挚地看着小燕子，柔声地说，"为什么要骗人呢？赚这种钱，你不会问心有愧吗？"

　　"问心有愧？为什么要问心有愧？我又演戏给大家看，又表演武术给大家看，还耍宝给大家看，今天还奉送了一场'捉贼记'，这么精彩，值得大家付费欣赏吧！"

　　紫薇见小燕子振振有词，不禁失笑。

　　"我从没见过你这样的人，骗了别人，好像还很心安理得的样子！我觉得，你利用大家的同情心，骗取钱财，多少有点不够光明，我看你和那柳家兄妹，年纪轻轻，又有一身好功夫，为什么不做一点正经八百的事？”

“哈！你算什么女学究，动不动就训人？我们靠本事赚钱，有什么不对？”

“骗人就不对。”

“那你们主仆两个，一天到晚穿着男装到处晃，不是在骗人吗？”

紫薇一怔，竟答不出话来。

“活在这个世界上，想要不骗人，实在是不太容易的事！你想想看，你从小到大，没撒过谎吗？不可能的！我们本来就生在一个人骗人的世界里！我知道你是读过书的大家小姐，可别被那些大道理，弄成一个书呆子！如果你不会骗人，你就会被别人骗！骗人和被骗比起来，还是骗人比较好！嘻嘻！”

紫薇惊异而稀奇地看小燕子。

“哇！你的大道理比我还多！我说一句，你说了好多句！听起来，好像我还很没道理似的！”

“道理是一回事，生活是另外一回事！道理可填不饱肚子！”

紫薇深深地凝视着小燕子。

“我们萍水相逢，真是有缘。虽然两次见面，情况都满离谱，可是，不知道为什么，我对你竟然有种‘一见如故’的感觉。好喜欢你的潇洒，好欣赏你的自由。所以，忍不住就讲出心里的话来了！你不要介意，我觉得你这种过日子的方式，实在有些旁门左道！为什么不去找个工作做呢？"

"找工作？你说得容易！到哪儿去找？柳青柳红也找过，要不就被人当奴才，要不就被人当把戏，受气不说，还吃不饱，穿不暖！再说，我们那大杂院里，住了一院子老老小小，都是无依无靠的可怜人，如果我们不照顾他们，他们靠谁去？"小燕子耸耸肩，看紫薇，"没办法！你说那个什么门、什么道？"

"旁门左道！"紫薇一愣。

"旁门左道？哈！我学了一个新词！这个门和道大概不是好门道，可好歹还能混点钱，咱们虽然骗得大家掏腰包，并没有强迫谁一定要拿出来！你知道吗？有钱做好事的人，都不是没饭吃的人！比起我们那个大杂院，就强太多了！"

"你那个大杂院，住了好多无家可归的人呀？"紫薇听得一愣一愣的。

"可不是吗？大家常常饿肚子，生了病，也没钱治，好可怜啊！上个月，季老奶奶就在没钱买药的情况下，凄凄惨惨走了。"

"哦！"

"算了，别说了，说了你也不懂的！"

"不，我懂，我全都懂！"

"你懂什么？你有爹有娘，有吃有穿，还有丫头侍候，你根本就是不知道人间疾苦，不知道天高地厚，也不知道挨饿受冻是什么滋味的千金大小姐。"

紫薇叹了口气。

"我虽然没有挨饿受冻，可是，我娘死了，我逼不得已，离乡背井，千里迢迢来北京找我爹，爹没找着，却到处碰钉子，受人气……几乎已经走投无路了，我也有我的辛酸啊！"

"你说什么？你不是偷偷带着丫头溜出来玩，玩腻了就要回家的大小姐？"

紫薇苦笑摇头。

"我早就没有家了，你要我回哪儿去？"

小燕子怀疑地盯着紫薇看，又看看金琐。

金琐忍不住插嘴了：

"我们小姐，是来北京寻亲的！离开济南的时候，已经做了破釜沉舟的打算，把房子卖了，才有路费来北京！谁知道一走就走了半年，现在，路费都快用完了，如果再找不到她爹，就简直不知道要怎么办了。"

小燕子同情地看着紫薇。

"原来，你也没有娘，又找不着爹……唉！比我也差不了多少！我是连爹娘长什么样都不知道，到处流浪着长大的！"

紫薇和小燕子，彼此深深互视，都有"同是天涯沦落人，相逢何必曾相识"之感。

“北京城可大着呢，要找个人不是那么容易的事，你爹到底住哪儿？你有谱没有？”小燕子问。

紫薇犹豫了一下，想说什么，金琐生怕紫薇在一个冲动之下，说出天大的秘密，就急忙说：

“当然有一些线索，只是失散的时间太久，找起来要费一点工夫！恐怕还不是短时间办得到的。”

小燕子立刻豪气地一笑。

“如果用得着我，我一定全力帮忙，打听人和事，我还有点办法……不过，都是‘旁门左道’的办法哟！我住在柳树坡狗尾巴胡同十二号，一个大杂院里，有事，尽管找我！”就伸手给紫薇，“我的名字你已经知道啦！小燕子！你呢？”

紫薇好感动，将小燕子的手紧紧一握。

“我姓夏，名叫紫薇。就是紫薇花那个紫薇！”

“好美的名字，人和名字一样美！”

“你还不是！”

小燕子大笑，紫薇也忍不住笑了起来。

笑完了，两人彼此看着看着，虽然出身不同，背景不同，受的教养更是完全不同，两人之间，竟然闪耀出一种神奇的友谊。人间，这种“神奇”，是所有故事的原动力，是人与人之间最微妙最可贵的东西。

紫薇就这样认识了小燕子。改变了两个女子以后的命运。

紫薇和小燕子第三次见面，是在狗尾巴胡同的大杂院里。

那天，紫薇特地来到大杂院，拜访小燕子。在一群孩子的包围下，在柳青、柳红的惊讶中，小燕子从房间里奔出来，拉着紫薇的手乐不可支。

"找不着你爹，所以来找我了？需要我的'旁门左道'来帮忙，是不是？"小燕子叽里呱啦地喊着。

金琐插嘴了：

"我们小姐不是来求助的，是来'助人'的！"

"啊？"小燕子不解。

紫薇笑笑，从怀里拿出一个钱袋，塞进小燕子的手里，诚挚地说：

"这儿是几锭碎银子，我凑合出来的！上次听你说，这儿好多人都没饭吃，没钱看病，心里一直很难过……可惜我也是泥菩萨过江，自身难保。没办法多拿出什么来，尽一点点自己的力量而已，你收着！给大伙儿用！"

小燕子惊愕极了，睁大了眼睛，不敢相信地看着紫薇。

"你上次不是说，你也快走投无路了吗？你哪儿来的钱？"

"小姐把太太留给她的一对翡翠耳环和翡翠镯子，都给卖了。"金琐说。

柳青、柳红不相信地看着紫薇。

"你把你娘给你的纪念品给卖了？"

"反正我也用不着！搁在身上挺碍事的，我整天跑来跑去的，都不知道藏在哪儿好。说不定哪一天，就被小偷偷走，或者，被强盗抢走！卖了反而干净。"

紫薇笑笑说。

小燕子一眨也不眨地看着紫薇。

"我从没有遇到过像你这样的人！我相信，在这个世界上，你是绝无仅有的了！难道……你不怕，我是装穷来骗你的？"

紫薇看看院子里的老人和孩子。

"我知道你不是骗我的。"

小燕子太感动了。从小，她无父无母，成长的过程，充满了苦难和艰辛，这是第一次，她遇到这么"高贵"的人，对她没有轻视，只有信任。这使她整颗心都热腾腾起来，一把握住紫薇的手，她就热情洋溢地喊道：

"我看，你干脆搬到我这儿来，和我一起住吧！"

"搬到这儿来？"紫薇一怔。

"怎么？你嫌这地方太破烂，配不上你大小姐的身份？"

"你又来了，我跟你说过，我现在的情况还不如你呢，你至少还有这么个地方住，还有好多朋友做伴，我是什么都没有！"

"那么，你还犹豫什么？搬过来算了！我这里虽然简陋，但是还宽敞，多你们两个人绝不成问题！你不是说不知道哪年哪月才能见到你爹吗？现在，你把你娘给你的首饰也卖了，住客栈每天要钱，你还够撑多久？再说，那个客栈里人来人往，复杂得很！我看你们两个一点心机都没有，搞不好被人骗去卖了，都说不定！"

紫薇失笑了。

"……哪有那么笨？又不是傻瓜，怎么会被人骗去卖了呢？"

小燕子拼命点头。

"会会会！我看就会！你瞧，对于一个从不认识的人，你都把贴身家当拿出来了，你不知道我一天到晚在骗人吗？你这么天真，怎么从济南走到北京的，我都奇怪得很，应该老早就出事了！"

"你把人心想象得太坏了！你看，你对我还不是一点都不了解，就邀我来家里住，可见，人间处处有温情呢！"紫薇笑着说。

"我不同！我是江湖豪杰，你碰到我，是你命里遇到贵人啦！"

"是！"紫薇更是笑。

"说了半天，你到底要怎样呢？还要住客栈？"

紫薇挑起眉毛，干脆地说：

"当然搬过来，和我的'贵人'一起住啦！"

就这样，紫薇和金琐，也搬进了大杂院，成为大杂院里三教九流里的另一类人物，成为小燕子的好友、知己和姐妹。

一个月以后，紫薇和小燕子就在大杂院中，诚诚恳恳地烧了香，拜天拜地，结为姐妹。金琐、柳青、柳红和大杂院里的孩童们、老人们全是见证。

小燕子跪在香案前，对着天空说了一大串话：

"天上的玉皇大帝，地下的阎王菩萨，还有柳青柳红金琐和所有看得见我们、看不见我们的人，还有猫儿狗儿鸟儿老鼠蛐蛐儿……各种动物昆虫，还有花儿树儿云儿月儿……你们都是我小燕子的见证，我今天和夏紫薇结为姐妹，从今天起，有好吃的一起吃，有好衣裳一起穿，和亲姐妹一模一样，如果违背誓言，会被乱刀砍死！五马分尸！"

小燕子说完，清澈的双眸看着紫薇。

"紫薇，该你了！"

紫薇诚心诚意地也拜了八拜。

"苍天在上，后土在下，我夏紫薇和小燕子……"

紫薇顿了顿，转头看小燕子："小燕子，你姓什么？"

小燕子皱皱眉头。

"小时候，我被一个尼姑庵收养，我的师父说，我好像姓江，可是无法确定！到底姓什么，我真的不知道！"

紫薇心中一阵恻然。

"那你今年多大了？几月生的？"

"我只知道我是壬戌年生的，今年十八岁。几月就不清楚了。"

"我也是壬戌年生的！我的生日是八月初二，那么，我们谁是姐姐，谁是妹妹呢？"

"当然我是姐姐，你是妹妹！你是八月初二生，我就算是八月初一生的好了！"小燕子一股理直气壮的样子。

"可以这样'算是'吗？"紫薇怔着。

"当然可以！我决定了，我就是八月初一生的！"

小燕子直点头。

于是，紫薇虔诚焚香，拜了再拜，诚心诚意地说道：

"皇天在上，后土在下，我，夏紫薇和小燕子情投意合，结为姐妹！从今以后，有福同享，有难同当，患难扶持，欢乐与共！不论未来彼此的命运如何、遭遇如何，永远不离不弃！如违此誓，天神共厌！"

紫薇说完，两人便虔诚地拜倒于地，对天磕头。

结拜完了，紫薇看着小燕子，温柔地说：

"小燕子，现在我们是姐妹了，以后别人问你姓什么，你不要再说不确定、不知道！我姓夏，你也跟着我姓夏吧！"小燕子感动得落泪了，用力地一点头。

"夏，好极了！夏天的紫薇花，夏天的小燕子！好！从今以后，我有姓了！我姓夏！我有生日了，我是八月初一生的！我有亲人了，就是你！"两个姑娘含泪互视，心里都被温柔涨满了。

旁观的人，也都深深地感动了。

紫薇和小燕子结拜的当晚，紫薇就向小燕子全盘托出了自己的大秘密。

桌上，摊着紫薇那从不离身的包袱。包袱里，一把画着荷花、题着词的折扇，摊开着。另外，那个画卷也打开了，画着一幅"烟雨图"。

紫薇郑重地开了口：

"小燕子，我有一个秘密，一定要告诉你！你看这把折扇，上面有一首诗，我念给你听。"就一字一字地念着，"雨后荷花承恩露，满城春色映朝阳。大明湖上风光好，泰岳峰高圣泽长。"

小燕子仔细地看着扇面，看得一头雾水。

"这可把我给考住了！画，我还看得懂，是一枝荷花！这字写得跟鬼画符似的，我就不知道写的是什么了。"

紫薇慌忙说：

"你不认得没关系！我只是要给你看看这把折扇，和那个画卷，都是我爹亲自画的，上面的诗，是我爹亲自题的！折扇上面这枝荷花和诗，暗嵌着我娘的名字，我娘，名夏雨荷！"

紫薇说着，便指着那画卷的题词，念着：

"辛酉年秋，大明湖畔，烟雨蒙蒙，画此手卷，聊供雨荷清赏。你看，这是画给我娘的。"又指着下款，"这是我爹的签名！"她看了看小燕子，压低嗓音，慎重已极地轻轻念道，"宝历绘于辛酉年十月！这儿还有我爹的印鉴！印鉴上刻的是长春居士。"

小燕子专注地听着，仔细地看着。听得也糊里糊涂，看得也糊里糊涂。

"原来这些是你爹的手迹！你爹名字叫宝历？"

"嘘！声音小一点！"

小燕子困惑极了，瞪了紫薇一眼。

"你干吗神秘兮兮的？你和你爹到底是怎么失散的呢？失散多久了呢？"

"我从来没有见过我爹！我想，我爹也不知道，这个世界上有个我。""啊？怎么会呢？难道你爹和你娘成亲就分开了？"

"我爹和我娘从来没有成过亲！"

"啊？难道……你爹和你娘，是……私订终身？"

"也不完全是这样，我外公和外婆当时是知道的，我想，他们心里想成全这件事，甚至是希望发生这件事的！我外公当时在济南，是个秀才，听说，那天我爹为了避雨，才到我家小坐，这一坐，就遇到了我娘，后来小坐就变成小住。小住之后，我爹回北京，答应我娘，三个月之内，接我娘来北京。可是，我爹的诺言没有兑现，他大概回到了北京，就忘掉了我娘！"

小燕子听得义愤填膺。

"岂有此理！这痴心女子负心汉，是永远不变的故事！你外公怎么不找他呢？”

“我外公有自己的骄傲，一气，就病死了！我外婆是妇道人家，没有主意。过了几年，也去世了！我娘未婚生女，当然不容于亲友，心里一直怄着气，跟谁都不来往。也从来不告诉我有关我的身世，直到去年，她临终的时候，才把一切告诉我，要我到北京来找我爹！”

小燕子气得哇哇大叫：

“算了！这样的爹，你还找他干什么？他如果有情有义，就不会让你娘这样委委屈屈地过一辈子！十八年来对你们母女管都不管、问都不问，就算他会画两笔画、会作几首诗，也没有什么了不起！你认了吧！这样的爹，根本不可原谅，不要找了！就当他根本不存在！”

紫薇眼睛湿了，酸楚地说：

“可是，我娘爱了他一生，临终的时候，再三叮嘱我，一定要找到我爹，问他一句，还记得大明湖边的夏雨荷吗？”

“你娘太傻了！他当然不记得了，记得，还会不回来吗？这种话，你不用问了！搞了半天，你和我还真是一样苦命，原来你这个夏是跟你娘姓，你爹姓什么，你大概也搞不清楚！”

紫薇瞪着小燕子，用力点点头，清清楚楚地说：

“我搞得清楚！他姓‘爱新觉罗’！”

小燕子大吃一惊，这才惊叫出来：

"什么？爱新觉罗？他是满人？是皇室？难道是个贝勒？是个亲王？"

紫薇指着画卷上的签名，说：

"你知道，宝历两个字代表什么吗？宝是宝亲王，历是弘历！你总不会不知道，咱们万岁爷名字是'弘历'，在登基以前，是'宝亲王'。"

"什么？你说什么？"小燕子一面大叫，一面抓起折扇细看。

紫薇对小燕子深深点头。

"不错！如果我娘的故事是真的，如果这些墨宝是真的……我爹，他不是别人，正是当今圣上。"

小燕子这一惊非同小可，手里的折扇"砰"的一声落地。

紫薇急忙拾起扇子，又吹又擦的，心痛极了。

小燕子瞪着紫薇，看了好半天，又"砰"的一声，倒上床去。

"天啊！我居然和一个格格拜了把子！天啊！"紫薇慌忙奔过去，蒙住她的嘴。

"拜托拜托，不要叫！当心给人听到！"

小燕子睁大眼睛，不敢相信地，对紫薇看来看去。

"你这个爹……来头未免太大了，原来你找梁大人，就为了想见皇上。"

紫薇拼命点头。

“后来，我知道他是个贪官，就没有再找他了！”

“可是……你这样没头苍蝇似的，什么门路都没有，怎么可能进宫？怎么可能见到他呢？”

“就是嘛！所以我都没辙了，如果是只小燕子，能飞进宫就好了！”

小燕子认真地沉思起来。

“如果你进不了宫，就只有等皇上出宫……”

紫薇大震，眼中亮出光彩。

“皇上出宫？他会出宫？”

“当然！他是一个最爱出宫的皇帝。”

紫薇看着小燕子，深深地吸了口气，整个脸庞都发亮了。

第三章

乾隆，那一年正是五十岁。

由于保养得好，乾隆看起来仍然非常年轻。他的背脊挺直，身材颀长。他有宽阔的额头，深透的眼睛，挺直的鼻梁，和坚毅的嘴角。已经当了二十五年的皇帝，又在清朝盛世，他几乎是踌躇满志的。当然，即使是帝王，他的生命里也有很多遗憾，很多无法挽回的事。但是，乾隆喜欢旅行，喜欢狩猎，给了他一个排遣情绪的管道，他活得很自信。这种自信，使他自有一股不怒而威的气势。骑在马背上，他英姿焕发，风度翩翩，一点也不逊色身边的几个武将。鄂敏、傅恒、福伦都比他年轻，可是，就没有他那种"霸气"，也没有他那种"书卷味"。能够把霸气和书卷味集于一身的人不多，乾隆却有这种特质。

现在，乾隆带着几个阿哥，几个武将，无数的随从，正在西山围场狩猎。

乾隆一马当先，向前奔驰，回头看看身边的几个小辈，豪迈地大喊着：

"表现一下你们大家的身手给朕看看！别忘了咱们大清朝的天下就是在马背上打下来的，能骑善射是满人的本色，你们每一个，都拿出看家本领来！今天打猎成绩最好的人，朕大大有赏！"

跟在乾隆身边有三个很出色的年轻人。永琪是乾隆的第五个儿子，今年才十九岁，长得漂亮，能文能武，个性开朗，深得乾隆的宠爱。尔康和尔泰是兄弟，都是大学士福伦的儿子。尔康恂恂儒雅，像个书生，但是，却有一身的功夫，深藏不露。现在，已经是乾隆的"御前行走"，经常随侍在乾隆左右。尔泰年龄最小，身手也已不凡，是永琪的伴读，也是永琪的知己。三个年轻人经常在一起，感情好得像兄弟。

乾隆话声才落，尔康就大声应着：

"是！皇上，我就不客气了！"

"谁要你客气？看！前面有只鹿。"乾隆指着。

"这只鹿是我的了！"尔康一勒马往前冲去，回头喊，"五阿哥！尔泰！我跟你们比赛，看谁第　个猎到猎物！"

"哥！你一定会输给我！"尔泰大笑着说。

"且看今日围场，是谁家天下？"永琪豪气干云地喊，语气已经充满"王子"的口吻了。

三个年轻人一面喊着，一面追着那只鹿飞骑而去。

福伦骑在乾隆身边，笑着对三人背影喊道：

"尔康！尔泰！你们小心保护五阿哥啊！"

乾隆不禁笑着瞪了福伦一眼：

"福伦，你心眼儿也太多了一点！在围场上，没有大小，没有尊卑，不分君臣，只有输赢！你的儿子，和朕的儿子，都是一样的！赢了才是英雄！"

福伦赶紧行礼：

"皇上圣明！我那两个犬子，怎么能和五阿哥相提并论！"

"哈哈！朕就喜欢你那两个儿子。在朕心里，他们和我的亲生儿子并无差别，要不，朕怎么会走到哪儿都把他们两个带在身边呢？你就别那么放不开，让他们几个年轻人，好好地比赛一下吧！"乾隆大笑着说。

"喳！"福伦心里，洋溢着喜悦，大声应着。

马蹄杂沓，马儿狂嘶，旗帜飘扬。

乾隆带着大队人马，往前奔驰而去。

同一时间，在围场的东边，有一排陡峻的悬崖峭壁，峭壁的另一边，小燕子正带着紫薇和金琐，手脚并用地攀爬着这些峭壁，想越过峭壁，溜进围场里来。

悬崖是粗野而荒凉的，除了巍峨的巨石以外，还杂草丛生，布满了荆棘。

小燕子手里拿着匕首，不停地劈着杂草。

紫薇仍然背着她的包袱，走得汗流浃背，狼狈极了。

金琐也气喘吁吁，挥汗如雨。

"小燕子，我们还要走多久？"紫薇往上看看，见峭壁高不可攀，胆战心惊，问小燕子。

小燕子倒是爬得飞快，这点儿山壁，对她来说，实在不是什么大问题。

"翻过这座山，就是围场了。"

"你说翻过这座山，是什么意思？"

"就是从这个峭壁上越过去。"

"要越过这座峭壁？"金琐大吃一惊，瞪大眼看着那些山壁。

"是呀！除了这样穿过去，我想不出别的办法！皇上打猎的时候，围场都是层层封锁，官兵恐怕有几千人，想要混进去，那是门儿都没有！可是，从这峭壁翻越过去，就是狩猎的林子了！我以前也来偷看过，不会有错的。"

"天啊！我一定做不到！那是不可能的！我的脚已经快要断了！"金琐喊着。

"金琐！你拿出一点勇气来，别给你家小姐泄气！"

紫薇脸色苍白。

"可是……我和金琐一样，我认为……这是不可能的，是我能力范围以外的事，我绝对没办法翻过这座山。”

“胡说八道！你翻不过也得翻，爬不过也得爬！”

小燕子拼命给两人打气：“你听你听……”她把耳朵贴在峭壁上，“峭壁那边，号角的声音，马蹄的声音，都听得到！你和你爹，已经只隔着这一道山壁了！”

紫薇也把耳朵贴上去，可怜兮兮地喘着气：

“我什么都听不见！只听到我自己的心跳，‘扑通扑通’的，快要从我嘴里跳出来了！”

“你争点气好不好？努力呀，爬啊！爬个山都不敢爬，还找什么爹？”小燕子大叫。

紫薇无奈，只得勉强地奋力往上爬去。她的手抓着山壁上的石头，脚往上爬，忽然间，脚下踏空，手中的石头居然应手而落，她尖叫了一声，整个人就往山壁下面滑落。小燕子回头一看，大惊失色，立刻飞扑过来，抱住了紫薇，两人向下滚了好半天，才刹住身子。

紫薇挣扎着抬起头来，吓得脸色惨白。她的衣服已经撕破，脸上手上，都被荆棘刺伤，但她完全顾不得伤痛，只是惊恐地喊着：

“我的包袱！我的包袱怎样了？”

小燕子惊魂甫定，慌忙检查紫薇背上的包袱。

“真的扯破了，赶快解下来看看。”

两人找了一块大石头，爬上去。小燕子帮紫薇解下包袱。

紫薇急急地打开画卷，发现完好如故，这才松了一口气。

小燕子也已打开折扇，细细检查。

"还好还好，字画都没有撕破……你怎样？摔伤没有？"

紫薇这才发觉膝盖痛得厉害，卷起裤管一看，膝上已经流血了。

"糟糕！又没带药，怎么办？"

紫薇看着小燕子，再抬头看看那高不可攀的山壁，当机立断地说：

"听我说，小燕子！我们三个人要想翻这座山，恐怕翻到明天早上，还翻不过去！但是，如果只有你一个人，就轻而易举了！事实上，山的那一边，到底是怎样一个局面，我们谁都不知道！也很可能翻了半天的山，依然见不到皇上！所以，我想，不如你带着信物，去帮我跑一趟吧！"

小燕子睁大眼睛看着紫薇。

"你要我帮你当信差！"

"是！"

小燕子想了想，抬头也看看那座山，重重地一点头：

"你说得对！再耽误下去，天都快黑了，就算到了围场，也找不着人了！"她决定了，有力地说：

"好！就这么办！"她郑重地看着紫薇，"你相信我，我会把这件事，当成自己的事来办！这些东西……”她拍拍字画，严肃地说道，"东西在，我在；东西丢了，我死！"

金琐早已连滚带爬地过来了，听到小燕子这样郑重的话，感动得一塌糊涂。

"小燕子！我代表我们小姐，给你磕一个头！"金琐往地上一跪。

小燕子慌忙拉住金琐。

"别这样！紫薇是我妹妹，紫薇的事，就是我的事，我不管，谁管？好了，我必须争取时间，不能再耽搁了！你们回大杂院去等我吧……我这一去，会发生什么事，自己也不能预料，所以，如果今晚我没有下山，你们不要在围场外面空等，你们先回北京，在大杂院里等我！"

紫薇点头，十分不舍地看着小燕子。

"小燕子！你要小心！"

"我会的！你也是！"小燕子便将包袱牢牢地缠在腰际。

紫薇一个激动，紧紧地抱了小燕子一下。

小燕子便飞快地去了。

一只鹿在丛林中奔窜。

马蹄飞扬，号角齐鸣。

尔康一马当先，大嚷着：

"这只鹿已经被我们追得筋疲力尽了！五阿哥，对不起，我要抢先一步了。”

尔康拉弓瞄准，尔泰却忽然惊叫起来，对左方一指：

“哥！那边居然有一只熊！快看快看！我以为围场里已经没有熊了，这只熊是我的了，你可别抢！”尔康的箭，立刻指向左方。

“熊？熊在哪里？”

永琪急忙拉弓，瞄准了那只鹿，哈哈大笑着说：

“尔泰，谢谢帮忙！今天‘鹿死谁手’，就见分晓了！承让承让！哈哈！”

尔康一笑，对尔泰很有默契地看了一眼，什么有熊？不能抢五阿哥的风头，才是真的。

永琪拉足了弓，嗖的一箭射去。

到底，那个姑娘是从哪儿冒出来的，尔康、尔泰和永琪谁都弄不清楚。到底那只鹿怎么一下子就不见了，伏在草丛里的竟然变成一个女子，大家也都完全莫名其妙。只知道，永琪那一箭射去，只听到一声清脆的惨叫：

“啊……”

接着，是个身穿绿衣的女子，从草丛中跳起来，再重重地坠落地。永琪那把利箭，正中女子的前胸。

变生仓促，尔康、尔泰、永琪大惊失色。三个人不约而同，快马奔来。

永琪见自己伤到了人，翻身落马，低头一看，小燕子脸色苍白，眼珠黑亮。永琪想也没想，一把就抱起小燕子。

小燕子胸口插着箭，睁大了眼睛，看着永琪。

"我要见皇上！"

当小燕子被带到乾隆面前的时候，已经气若游丝，奄奄一息了。

"什么？女刺客？这围场重重封锁，怎么会有刺客？"乾隆不信地喊着。

侍卫、大臣、鄂敏、傅恒、福伦全部围了过来，看着躺在地上的小燕子。

永琪气急败坏，直着喉咙喊：

"皇阿玛！李太医在不在？让他赶快看看这位姑娘，还有救没有？"

"这就是女刺客吗？"乾隆瞪着地上的小燕子。

"女刺客？谁说她是刺客！"永琪无意间射伤了人，又是这样一个标致的姑娘，说不出心里有多么懊恼，情不自禁，就急急地代小燕子解释起来，"我看她只身一人，说不定是附近的老百姓……不知道怎么会误入围场，被我一箭射在胸口，只怕有生命危险！李太医！赶快救人要紧！"

李太医是每次打猎都随行在侧的，这时，奔出了行列，大声应着：

"臣在！"

福伦滚鞍下马，奔上前去看小燕子：

“等一下！这件事太奇怪了，怎么会有一个年纪轻轻的姑娘单身在围场？还是先检查一下比较好！”

小燕子躺在那儿，始终还维持着神志，她往上看，黑压压的一群人，个个都盯着自己。皇上？谁是皇上？死了，没有关系，紫薇的信物，不能遗失！她挣扎着，伸手去摸腰间的包袱，嘴里断断续续地喊着：

“皇上……皇上……皇上……”

尔康觉得奇怪，对永琪说道：

“你听她嘴里，一直不停地在叫皇上！显然她明知这里是围场，为了皇上而来！这事确实有点古怪！”

福伦顺着小燕子的手，眼光锐利地扫向小燕子腰间，大吼道：

“不好！她腰间鼓鼓的，有暗器！大家保护皇上要紧！”

福伦情急，一脚踢向小燕子，小燕子滚了出去，伤上加伤，嘴角溢出血来。

鄂敏拔剑，就要对小燕子刺去。

“阿玛！鄂敏！手下留情啊！”尔康情急，一把拦住了鄂敏。

“审问清楚再杀不迟！”尔泰也喊。

“鄂敏！住手！”乾隆急呼。

鄂敏硬生生收住剑。

小燕子又惊又吓又痛，气若游丝，仰头望着乾隆，心里模糊地明白，这个高大的、气势不凡的男人，大概就是乾隆了。她便用尽浑身力气，把紫薇最重要的那句话，凄厉地喊了出来：

"皇上！难道你不记得十九年前，大明湖畔的夏雨荷了吗？"

小燕子喊完这句话，身子一挺，昏了过去。

乾隆大震。

"什么？什么？你说什么？你再说一遍！"永琪、尔康、尔泰围了过去。

"皇上，她已经昏厥过去了！"尔泰禀道。

"小心有诈！"福伦提醒着大家。

永琪伸手一把扯下小燕子的包袱。

"她一路用手按着这个包袱，看看是什么暗器？"

包袱倏然拉开，画卷和扇子就掉了出来。

"是一把扇子和一卷画。"永琪惊愕极了。

乾隆的心，怦然一跳，有什么东西，重重地撞击了他的心。他震动已极，大喊：

"什么？赶快拿给朕看！"

永琪呈上扇子和画卷。

乾隆打开折扇，目瞪口呆。他再展开画卷，更是惊心动魄，瞪着地上的小燕子，他忘形地大喊出声：

"永琪！抱她起来，给朕看看！"

"是！"永琪抱起小燕子，走到乾隆身边。

乾隆震动无比地看着那张年轻的、姣好的面孔，那弯弯的眉，那长长的睫毛，那苍白的脸，那小小的嘴，和那毫无生气的样子……他的心陡然绞痛，一些尘封的记忆，在一瞬间翻江倒海般地涌上。他喘着气，一迭连声地大喊道：

"李太医！赶快诊治诊治她！朕要她活着！治不好，就小心你的脑袋！"

小燕子有一连串的日子，都是神志不清的。

模糊中，她睡在一床的锦被之中，到处都是软绵绵、香喷喷的。模糊中，有数不清的太医在诊治自己，一会儿打针，一会儿喂药。模糊中，有好多仙女围绕着自己，仙女里，有一个最美丽温柔的脸孔常常在她眼前出现，嘘寒问暖，喂汤喂药。模糊中，还有一个威严的、男性的面孔常在满屋子的跪拜和"皇上吉祥"中来到，对自己默默地凝视，轻言细语地问了许多问题。

小燕子就在这些"模糊中"，昏昏沉沉地睡着，被动地让人群侍候着。她并不知道，就在她的迷迷糊糊里，乾隆已经在无数的悔恨和自责中，肯定了她的身份。

那一天，乾隆来到小燕子床前，小燕子正发着热，额上冒着汗，嘴里念念有词。

"疼……好疼……扇子，画卷……别抢我的扇子……东西在，我在。东西丢了，我死……"

乾隆听着这些话，看着那张被汗水弄湿的脸庞，心里涨满了怜惜。

"喂喂！醒一醒！"乾隆拍拍小燕子的面颊，"朕说话你听得到吗？能不能告诉朕一些你的事？你几岁啦？"

小燕子在"模糊"中，还记得和紫薇的结拜。

"我十八，壬戌年生的……"她被动地答着，好像在做梦。

乾隆掐指一算，心中震动，继续问道：

"那……你几月生的？"

我有姓了，我姓夏。我有生日了，我是八月初一生的……

"我……八月初一，我有生日……八月初一……"

乾隆再一寻思，不禁大震。没错了，这是雨荷的女儿！

"你姓什么？"乾隆颤声地、柔声地问。

小燕子神思恍惚，睁眼看了看乾隆。

"没有……没有姓……"

"怎么会没有姓呢？你娘没说吗？"乾隆一阵心痛。

"紫薇说……不能说不知道，不确定……我有姓，我有我有……我姓夏……"这一下，乾隆完全坐实了自己的猜测，激动不已，忍不住就用袖子为小燕子拭汗，声音哑哑的，再问：

"你叫什么名字呢？"

"小……小燕子……"

乾隆愕然。这也算名字吗？这孩子是怎样长大的呢？受过委屈吗？当然，一定受过很多委屈的。雨荷，居然没有进京来找过自己！居然孤单单地抚养这个孩子长大！现在，雨荷在哪里？为什么小燕子会这样离奇地出现？太多的问题，只能等小燕子神志清醒了，才能细问。但是，这是雨荷的女儿，也是自己的女儿，没错了。

"小燕子，小燕子！"乾隆点点头，仔细地看着小燕子，不禁越看越爱，"小燕子……从湖边飞来的小燕子……好，朕都明白了！你好好养病，什么都不要担心了！朕一定要让你好起来！"

小燕子在一连串昏昏沉沉的沉睡以后，终于有一天，觉得自己醒了。

她动了动眼睑，看到无数仙女围绕着自己。有的在给她拭汗，有的轻轻打扇，有的按摩手脚，有的拿冷帕子压在她的额上……好多温柔的手，忙得不得了。她再扬起了睫毛，看到那个仙女中的仙女，最美丽温柔的那个，正对着自己笑。

"你醒了吗？知道我是谁吗？我是令妃娘娘！"

令妃娘娘？原来这个大仙女名叫"令妃娘娘"。小燕子再向旁边看，几个白发的太医，都累得东倒西歪，兀自不断地低声商量病情。她再转头环视，香炉里，袅袅地飘着轻烟轻雾。

小燕子觉得好舒服，好陶醉。

"好软的床啊！好舒服的棉被啊！好豪华的房间啊！好多的仙女啊！好香的味道啊……哇，我一定已经升天了，原来天堂里面这么舒服！我都舍不得离开了……"

小燕子眨动眼睛，蒙眬环视。

仙女们立刻发出窃窃私语。

"醒了？是不是醒过来了？"

"眼睛睁开了！眼珠在动呢！"

"她在'看'咱们，娘娘，她大概真的醒了！"

仙女们正骚动间，门外，忽然有声音一路传来。

"皇后驾到！皇后驾到……"

一屋子的仙人仙女，便全部匍匐于地。大家齐声喊着：

"皇后娘娘吉祥！"

那个"大仙女"也慌忙起身行礼，恭恭敬敬地说道：

"令妃参见皇后娘娘。"

小燕子一惊，慌忙把眼睛紧紧闭上。

"怎么有个'皇后'来了？难道这儿不是'天堂'？这个'皇后'好神气……"

小燕子心里想着，睫毛就不安分地动了动，悄悄地眯着眼睛，去偷看那个皇后。只见那皇后珠围翠绕，大概四十来岁，细细的眉毛，丹凤眼，挺直的背脊，好生威严。那眼光……小燕子一不留神，眼光竟和皇后的眼光一接，不知怎的，小燕子激灵地打了个寒战，那眼光好凌厉，像两把刀，可以把人切碎。

在她身后，还跟着一个更加严肃的老太婆。眼光和皇后一样，冷得像冰，利得像箭。

"大家都起来吧！"皇后的声音，和她的眼光一样，冷峻而严厉。

一屋子仙女仙人，纷纷起立。

皇后站在床前，仔细审视着小燕子。小燕子几乎能"感觉"到她的眼光，冰凉冰凉地掠过自己的眼耳口鼻。

"这就是围场上带回来的姑娘吗？"皇后冷冷地问着。

"是！"令妃仙女答着。

"怎样？伤势有没有起色？"

"回皇后，脉象已经平稳，没有生命危险。"一个仙人急忙趋前，躬身说道。

"唔……太医果真医术高明！"

"谢皇后夸奖！是这位姑娘福大命大！有皇天保佑。"

"嗯，福大命大？有皇天保佑？是吗？"语气好严厉。

满屋子都安静了，没有人答话。

小燕子越听越惊，心里想着：

"从围场带回来的姑娘？这说的是我吗？难道……难道我进了宫？原来，这儿不是'天堂'，是'皇宫'！"小燕子的意识真的清醒了，记忆也回来了。

"天啊！我进了宫，紫薇想尽办法，进不了宫，可是，我却进来了！""你们先下去！待会儿再来，别一个个杵在这儿。”

皇后对众人挥手说道。

“喳！”一屋子的人都退下了，令妃仙女也往门口退去。

“令妃，你留下！我有话问你！”皇后命令地喊了一句。

“是。”

“你过来。”

令妃走到床边来。

皇后那锐利的眼光，又在小燕子脸上溜来溜去。

“宫里已经传得风风雨雨，说她和皇上是一个模子印出来的，怎么我瞧着一点都不像！你说，她哪儿长得像皇上？”皇后回头一瞪令妃。

令妃仙女似乎吓了一跳，讷讷地说道：

“是皇上自己说，越看越像！”

“容嬷嬷，你说像吗？”皇后问身后的老太婆。

那容嬷嬷也对小燕子仔细打量起来。

“回皇后，龙生九子，个个不同！想阿哥和格格们，也都是每一个人，一个长相！这样躺着，又闭着眼，看不真切。”

皇后冷笑了。

“可有人就看得很真切，说她眉毛眼睛，都像皇上！”皇后再瞪着令妃仙女，“你不要为了讨好皇上，顺着皇上的念头胡诌！这个丫头，来历不明，形迹可疑！

只身闯围场，一定有内应！我看她没有一个地方像皇上，八成是个冒牌货！你不要再信口雌黄了！如果查明白，她不是万岁爷的龙种，她是死罪一条，你难道也跟着陪葬吗？"

"皇后教训得是！臣妾以后不敢多嘴了！"令妃仙女答得诚惶诚恐。

"你知道就好！这事我一定要彻查的！仅仅凭一把折扇、一张字画，就说是格格，也太荒唐了吧？"

"是！是！是！"令妃一迭连声地应着。

"我看清了，看够了！容嬷嬷，走吧。"

皇后带着容嬷嬷转身而去。

"臣妾恭送皇后娘娘！"

"别恭送了！你跟在皇上身边，眼睛要放亮一点！这皇室血统，不容混淆！如果有丝毫破绽，是砍头的大事，你懂吗？"

"臣妾明白了！"

一阵笃笃笃的脚步声，终于，那个威严的皇后，带着威严的容嬷嬷，威风十足地走了。

小燕子急忙睁开了眼睛，看到令妃一直恭送到门口。小燕子整个人都清醒了，心里直是叫苦：

"不好了！原来他们把我当成了格格，又以为我是冒牌货，商量着要砍我的头！"她心里不禁大叫了一声，"紫薇，你害死我了！"

第
四
章

  小燕子并不知道，在她昏昏沉沉的这些日子里，紫薇、金琐、柳青、柳红几乎已经把整个北京城都找翻了。小燕子像断了线的风筝，一去无消息。紫薇把自己骂了千遍万遍，后悔了千次万次，也回到围场附近去左问右问，什么音讯都没有，小燕子就此失踪了。最让紫薇痛苦的是，还不能把真相告诉柳青他们。柳青不止一次，气急败坏追问：

  "这到底是怎么回事？你们三个，为什么跑那么远的路，到围场去？又怎么会跟小燕子走散了？这不是太奇怪了吗？"

  紫薇有苦说不出，只能掉着眼泪说：

  "我不能告诉你们为什么要去围场，如果你们不追问，我会很感激。反正事情就变成这样了！"她急切地看柳青，"柳青柳红，拜托你们，赶快去皇宫附近，打听打听，有没有小燕子的消息？"

"皇宫？你们好大胆子，居然去招惹皇室？你要我怎么打听？"柳青问。

"你认不认得什么公公、什么嬷嬷的？"

"公公和嬷嬷都不认得，只认得皇上！和几位阿哥！"柳青没好气地说。

"啊？"紫薇睁大了眼睛。

"没事的时候，我跟皇上下围棋，跟阿哥们比画拳脚！"

柳红一跺脚。

"哥！这都什么时候了，紫薇急得掉眼泪，你还说这些莫名其妙的话！你到底有没有门路，有没有办法嘛！"

柳青对柳红一瞪眼。

"我有几两重，你不是不知道！我怎么会和宫里的人认识呢？"他转眼看紫薇，大声地说，"我也着急，我也生气啊！小燕子以前，什么事都跟我有商有量，自从有了你这个妹子，就变得神秘兮兮了！你们去围场，无论要干什么，总应该把我们兄妹也算一份，大家帮着一点，或者办得成事！结果，你们完全瞒着我，简直把我当外人，气死我了！"

紫薇已经急得没有主意，又被柳青一骂，眼泪扑簌簌直往下掉。

　　"是，我知道都是我的错，不应该这么鲁莽，这么没计划……可是，小燕子好像很有把握，说她小时候在围场附近长大的，对围场熟悉得不得了……"

　　"小燕子爱吹牛，你又不是不知道！"柳红跺脚。

　　"她那个人，胆大心不细，有勇没有谋，花拳绣腿，功夫也只有那么一点点，就是心肠热！你跟她拜了半天把子，还不了解她吗？怎么什么都听她的……"柳青说。

　　兄妹二人，一人一句，都怪紫薇。紫薇除了掉眼泪，还是掉眼泪。时间一天天过去，找到小燕子的希望就越来越渺茫。私下无人的时候，她会害怕地抱住金琐说：

　　"说不定小燕子已经死了！"

　　"呸！呸！呸！小姐，你别咒她呀！"金琐连忙啐着。

　　"她如果没死，为什么到现在一点消息也没有？都怪我，太自私了，只顾着自己，却没替小燕子想想她的安危！"

　　"话不能这么说啊，又不是我们逼她这么做的，是她自己愿意去的嘛！"

　　"所以我心里头才更难过啊！这些年除了娘以外，我只有你。好不容易有了个知心的小燕子，可以陪我说话解闷，讲心事！回想起来，和她在一起的这段日子，我过得好快乐！早知道我宁可不认这个爹，也不要她去冒险。"

　　金琐皱着眉头，心里还有另一份深刻的痛。

"你别在那儿钻牛角尖了！小燕子遇到什么事，我们完全不确定！唯一可以确定的事，是你那两样比生命还重要的信物，现在和小燕子一起失踪了！"

紫薇惊看金琐，听出金琐的言外之意，不禁激动起来：

"你好像还在怪小燕子？她现在是生是死都不知道，你担心的，居然是那些身外之物？"

金琐也激动起来：

"什么身外之物？你在太太临终的时候，对太太发过誓，你会带着这些东西，去见你爹！现在东西没有了，即使有机会见到你爹，你也无法证明你的身份了！我想到这个，心都会痛！"

紫薇霍地站起身来。

"你好可怕，你在暗示我，小燕子会出卖我吗？"

"我没有暗示什么，我在后悔啊，我在自责啊，我为什么要让你把东西交给小燕子呢？我就该拼命保护那些东西的！是我不好，对不起死去的太太！"

金琐这样一说，紫薇痛上加痛，"哇"的一声，失声痛哭。

金琐后悔不及，急忙抱住紫薇。

"我不好，我不好，不该说这些，让你伤心了！我相信小燕子，她有情有义，不会辜负你的。我也相信，老天有眼，会保护小燕子的！小姐，别哭了啊！"说着，就拼命用袖子帮紫薇拭泪。

紫薇把金琐紧紧一抱，痛定思痛，哭着喊：

"我好懊恼啊！失去小燕子，失去信物，又无法见到我爹，我到底要怎么办呢？"

金琐拍着紫薇的背，此时此刻，实在想不出任何的话，可以安慰紫薇了。

当紫薇心痛神伤、六神无主的时刻，小燕子正熟睡在令妃那金碧辉煌的寝宫里。

乾隆轻轻地走了过来，站在床前，深深地凝视着小燕子。温柔而解人的令妃，看乾隆一脸的专注，不敢打扰，静静地站在旁边。

"她今天怎样？有没有起色？"半晌，乾隆低问。

"刚刚吃过药睡下了，太医说她复原的情形挺好的，上午已经醒过来了，大概受了惊吓，眼珠转来转去，就是不说话！"

"是吗？"乾隆俯视小燕子沉睡的面庞，看到小燕子额头上鼻子上渗出几颗汗珠。乾隆掏出自己的汗巾，就去拭着她脸上的汗。

汗巾是真丝的，绣着一条小小的龙。汗巾熏得香喷喷的，混合着檀香与不知名的香气，这汗巾轻拂过小燕子的面庞，柔柔的，痒痒的，小燕子就有些醒了。

令妃注视着这样的乾隆，如此温柔，如此小心翼翼，这种关怀之情，是她从来没有见过的。令妃察言观色，知道这个小燕子，在乾隆心底，引起了某种难以解释的感情，就把握机会，低声说了一句：

"皇后今天来过了！"

"哦？她说什么？"乾隆不动声色地问。

"臣妾不敢说。"令妃低头。

"你尽管说！"

"她说，小燕子这事，一定有诈！查出真相，要……要……"

"她要怎样？"乾隆气往上冲。

"要砍小燕子和我的脑袋！"

"哼！"乾隆怒哼了一声。

令妃便委委屈屈地说道：

"可我真的没说假话，我看着看着，越看就越肯定了，这小燕子真的和皇上像极了，尤其醒过来的时候，那眼神儿，就和皇上您的眼神一个样儿！"

乾隆凝视小燕子，想到那个不苟言笑的皇后，心里就有气。

"谁敢说她不是朕的女儿，朕才要砍她的头呢！当朕在围场第一眼看到她的时候，就对她产生了一股不一样的感觉，尤其是她在昏迷前一刻用那双哀怨的眼神瞅着朕，问朕还记不记得夏雨荷。朕这辈子都忘不了她那又慌又急又害怕又无助的模样……这种父女天性，难道有假吗？"

乾隆的声音大了些，小燕子睫毛闪动，突然睁开眼睛。

乾隆忽然和小燕子目光一接，没来由地心里一震。"你醒了？"乾隆问。

小燕子看着这个在梦里出现过好多次的面孔，面对那深透明亮的眼睛，和那威武有力的眼神，心里陡然浮起一股怯意。

"你……你……你是谁？"

令妃忙扑过去，拍拍小燕子的肩。

"哎呀，对皇上说话，可不能用'你'字！"

小燕子大惊，从床上一挺身子，就要起身，奈何浑身无力，又倒了下去。

"皇上！"小燕子惊呼出声。

乾隆急忙伸手按住小燕子。

"快别动！你身受重伤，太医说你失血过多，得在床上多躺两天。别忙着起身！也不用多礼！"

小燕子一眨也不眨地看着乾隆，老天！这是天底下最大的人物啊！是仅次于神的人物啊！是打个喷嚏就会惊天动地的人物啊！是老百姓从来没有福分接近的人物啊！是整个天下的主子啊……小燕子喘着气，不敢相信地、小小声地问道：

"你是皇上？你真的是皇上？当今的皇上？乾隆皇上？"

“你怎么还是你呀你的……”令妃在一边干着急。

乾隆怜爱地看着小燕子，小燕子那种……惊喜莫名的表情，更加震动了他。

“别在乎这个！想她在民间长大，怎么懂宫中规矩！”便对小燕子慈祥地点点头，“是的，朕就是当今皇上！在围场上，你不是已经见过朕了？”

“围场上那么多人，我什么都弄不清楚呀！”小燕子喊着，不敢躺着见皇上，就又急急地一个挺身，脑袋竟然在床栏上砰地撞了一下。她嘴里惊呼不断：“老天啊……我终于见到了皇上！”

乾隆急忙揉了揉她的头，再一次，把她的身子按回床上。

“是！你终于见到了皇上，朕知道你这条路走得有多辛苦！”顺手摸摸小燕子的额头，满意地点点头。

“嗯，还不错，烧已经退了。肚子饿不饿？想不想吃点东西？朕叫他们给你准备去……”

小燕子看着乾隆，眼睛转都不敢转，呼吸都要停止了。听到乾隆这样轻言细语，问东问西，简直受宠若惊。她屏息地、不敢相信地、讷讷地说：

“你……你……你是皇上，可你……这么关心我！我……我会幸福得死掉！”

小燕子这样崇拜的眼光，这样热烈的语气，让乾隆感动极了。

“你已经被朕救活了，你不会死掉了！我会用幸福包围你，可是，不会让它伤害你！”乾隆温柔地说。

小燕子痴痴地看着乾隆，竟然傻了，一时之间，根本说不出话来了。

“你既然醒了，朕有好多的问题要问你！”

小燕子睁大眼睛看着乾隆。

乾隆掏出怀中的折扇。

“朕已经知道你的名字叫小燕子，这把折扇和‘烟雨图’在你身上搜出来，你冒着生命危险闯围场，就为了要把这个东西带给朕？”

小燕子拼命点头。

乾隆心中一片恻然。

“朕都明白了，你娘叫夏雨荷，这是她交给你的？她还好吗？”

小燕子怔怔地，听到后一句，连忙摇头。

“不好？”乾隆一急，“她怎样了？现在在哪里？”

“她……她已经去世了……去年六月，死在济南……”

“她死了？”乾隆心里一痛，“朕已经猜到了，没听你亲口说，还是不相信。要不然你不会直到今天才来见朕。好遗憾！”就难过地看着痴痴的小燕子，“这些年来，苦了你们母女了！”

小燕子大惊，急忙说：

“皇上……皇上……我……我不是……”话未说完，

就急得咳了起来。这一咳就咳得上气不接下气。

乾隆急喊：

"蜡梅！冬雪！赶快倒杯水来！"就拼命拍着小燕子的背，"朕问了太多的话，你一定累了！小燕子，你不知道你的出现，让朕多么安慰，又多么心酸！从今以后，你的苦日子都过去了，你是朕遗落在民间的女儿，现在，你回家了！"

小燕子咳得更凶了，一面咳，一面急促地说：

"皇上，我……我……喀！喀喀！你你……喀喀……"

床前一阵骚动，无数宫女拥到床前，端茶的端茶，奉水的奉水，拿药的拿药。蜡梅高举着药碗，恭恭敬敬地喊着：

"姑娘，请吃药！"

令妃一声怒叱，非常权威地吼着：

"掌嘴！这还没弄清楚吗？听也该听明白了，看也该看明白了！叫格格，什么姑娘姑娘的！……"

蜡梅"砰"的一声，在床前跪下，双手高举托盘，大声地喊：

"请格格吃药！"

便有一大群的宫女，高呼着说：

"格格千岁千千岁！让奴婢们侍候格格！"

小燕子看得眼花缭乱，听得惊心动魄。正在迷迷糊糊中，竟然看到乾隆亲自端起杯子，再扶起小燕子。

"让朕喂给她喝！可怜……长了十八岁，才见到爹！还弄得身受重伤！"

小燕子这一惊，更是非同小可！皇上……这世界上最权威的人，居然在亲手喂她喝水吃药，她会幸福得死掉！这可能吗？她只是一个小老百姓，一个跑江湖、混饭吃、经常吃了这顿没下顿的小人物！可是，现在，自己面前黑压压地跪着一群人，皇上，那高高在上、顶尖儿的人物，正在"亲手"喂自己吃药！这种荣耀，像潮水一般，把她紧紧地包围着、淹没着。她迷糊了，被催眠了，没有力气再解释什么了，因为整个人软绵绵，都在腾云驾雾了。也没有多余的"嘴"来解释了，因为那唯一的一张嘴，正忙着喝水吃药呢！

终于，小燕子吃了药，也喝了水。

乾隆把杯子放回托盘，把小燕子轻轻放下。

"孩子，别用这样奇怪的眼光看朕，朕知道是朕对不起你娘，你心里有许多怨，你放心，从现在开始，朕一定会加倍补偿你！"

令妃就带笑又带泪的，上前对乾隆一福。

"皇上，恭喜恭喜！父女团圆了！"

小燕子惊怔着。现在有嘴，可以解释了。无奈身子还在云端里，没有下地呢！

令妃推着小燕子，一迭连声地喊着：

"傻丫头，还怔在那儿干什么？快喊皇阿玛啊！在宫里，是不喊爹的，要喊'皇阿玛'！快喊啊！喊啊！"

小燕子怔忡着，眼睛睁得大大的。不行不行，这样太对不起紫薇了！不行不行！

乾隆见小燕子眼睛越睁越大，眼神里充满矛盾。

"怎么？不想要朕这个爹吗？"他柔声地问。

小燕子受不了了，冲口而出地喊道：

"想！想！太想了，只怕要不起啊！"

乾隆心里更酸了，误会小燕子话中有话。一句"要不起"，代表了千言万语的哀怨。他叹口气，就哑声地、命令地说道：

"什么要得起要不起！就算你不想要朕这个爹，朕也要定你这个女儿了！快叫朕一声'皇阿玛'！这是'圣旨'，不许不叫！"

令妃在一边情急地催促：

"还不赶快'领旨'！当心皇上生气啊！快叫皇阿玛呀！叫呀！叫呀……"

小燕子迎视着乾隆宠爱而期盼的眼神，终于，脱口而出地喊了：

"皇……阿玛！"

小燕子一喊出口，整个人也就放松了。乾隆顿时欣喜若狂。

"好！太好了！哈哈哈！我在民间的女儿，回来了！真是老天有眼呀！"

此时，众多宫女，全都一拥而上，拜倒在小燕子面前，喊声震天：

"格格千岁千岁千千岁！奴才们参见格格！"

门外的一群太监，此时也都哈腰奔进，甩袖跪倒，声音喊得更大：

"恭喜格格，贺喜格格，格格千岁千岁千千岁！"

这种气势，这种欢呼，小燕子又飞上云端，飘飘欲仙了。紫薇的面孔在她眼前闪过，她心里歉然地喊着：

"紫薇，对不起。我不是有意要这么做的，只是……当格格的滋味，实在太好了！有个皇上做爹，被宠着爱着，实在太好了！我受不了这个诱惑，你让我先过几天格格的瘾好不好？先借你的爹几天好不好……我发誓等我病好了，我一定会把你接进宫里来，把你爹还你的……"

小燕子就这样，糊里糊涂地当起格格来了。

几天之后，小燕子终于走出了令妃的寝宫。

这天，她穿着令妃特地为她做的新衣服，一身艳丽的旗装，略施脂粉。唯独脚下，仍然穿着平底的绣花鞋。

令妃、蜡梅、冬雪和宫女们簇拥着她，正带她参观着御花园。

令妃东指指西指指，介绍着花园中种种景致。

小燕子见所未见，叹为观止。

"这皇宫内院，也不是一时三刻走得完的，你身体刚刚好，也不能走太多路，随便看看就好！"令妃说。

小燕子觉得什么都很新奇，忍不住惊叹连连：

"啊呀，这是一个院子还是一个城呀？怎么那么多房子，左一进右一进的？"说着，就走进一条弯弯曲曲的长廊，不禁诧异，"又没有河，造这么长一座桥？"看到处处有匾额，奇怪极了，"又没卖东西，怎么挂那么多招牌？"一抬头看到一个亭子，上面有块匾额，写着"挹翠阁"三个大字。小燕子认识的字不多，看了半天，低低地自言自语："怎么亭子挂个招牌叫'把草问'？好奇怪的名字！"

令妃惊愕地看着小燕子，怎么？那个雨荷没有教过她念书吗？心里正有点疑惑，小燕子叹口气说：

"我好像到了一个仙境，太没有真实感了，将来我出了宫，回到民间的时候，说给人家听，人家大概都不相信！"

令妃一惊，不禁神色一凛，仔细看着小燕子，警告地说：

"格格，我告诉你一句很重要的话！"

"什么话？"小燕子满不在乎地问。

"你现在已经被皇上认了，你就再也不是当初的小燕子了！皇上有那么多的格格，我还没见过他喜欢哪一个，像喜欢你这样！被皇上宠爱，是无上的荣幸，也是件危险的事，宫里，多少人眼红，多少人嫉妒……"说着，就压低了声音，"我不得不提醒你，你一个不小心，被人抓着了小辫子，你很可能，糊里糊涂就送掉一条小命！”

“哪有这么严重？”小燕子不信。

“你最好相信我！”令妃眼神严肃。

小燕子眼前，不禁浮起皇后的脸和声音：

“这皇室血统，不容混淆！如果有丝毫破绽，是砍头的大事，你懂吗？”

小燕子激灵地打了个寒战，突然着急起来：

“可是……娘娘，我……我迟早要出宫回家的……”

令妃好紧张，慌忙四面看看，打断了小燕子：

“嘘！这话就是犯了忌讳，什么‘回家’，这儿就是你家了！从此以后，你的荣华富贵，是享用不尽的！可是，你千万别再说，你还怀念民间生活，或者是……有关你爹娘的疑惑。现在，皇上认定了你是格格，你就是千真万确的格格了！你自己也要毫无疑问地相信这点！”

小燕子大急，那，紫薇要怎么办？她忍不住就冲口而出：

“那……万一我不是格格，那要怎么办？”

令妃一惊，脚下一个踉跄，差点摔一跤。蜡梅、冬雪急忙扶住。

令妃站稳了，将小燕子的胳臂紧紧地一握，脸色有些苍白，眼睛死死地盯着她。

“如果你不是格格，你就是欺君大罪，那是一定会砍头的！不只你会被砍头，受牵连的人还会有一大群，像鄂敏，像我，像福伦……都脱不了干系……所以，这句话，你咽进肚子里，永远不许再说！"

小燕子被令妃的语气和神色吓住了，知道令妃所言不虚，不禁张口结舌，心里苦极了。紫薇，紫薇，这一下要怎么办呢？我怕死，我不要死！我实在舍不得我这颗脑袋啊！

正在此时，永琪和尔泰结伴走来。

永琪一眼看到穿着旗装的小燕子，眼睛一亮。

"这不是被我一箭射来的格格吗？"

令妃见到永琪和尔泰，立刻脸色一转，眉开眼笑。

"五阿哥！"又对尔泰招呼道，"尔泰，好久没见到你额娘了，帮我转告一声，请她没事的时候，来宫里转转！"

尔泰连忙对令妃躬身行礼，应道：

"娘娘吉祥！我额娘也天天念叨着娘娘呢！但是，全家都知道，娘娘最近好忙，要照顾这位新来的格格……"说着，就转眼看着小燕子，一笑。

永琪凝视小燕子，赞叹不已。

"你穿了这一身衣服，和那天在围场里，真是判若两人！没想到，我有一个这么标致的妹妹！"

小燕子看着永琪，蓦然想起，那天在围场中，惶急将自己抱起的永琪，心中竟没来由地一热。

"原来，你是五阿哥！"

令妃招呼着众人：

"咱们到亭子里坐一下，格格大病初愈，只怕站得太久了不好！"

大家进了亭子，纷纷落座。宫女们早就忙忙碌碌，忙不迭地上茶上点心。

永琪见小燕子明艳照人，一双大眼睛晶亮晶亮，竟无法把视线移开。

"你身体都好了吗？那天在围场，我明明看到的是一只鹿，就不知道怎么一箭射过去，会射到了你！后来知道把你伤得好重，我真是懊恼极了！"

小燕子看到永琪和尔泰，和自己差不多年纪，都是一脸和气，笑嘻嘻的。自己的情绪就高昂起来，把那些宫中忌讳，都忘掉了，坦率地喊着说：

"你不用懊恼了！亏得你那一箭，才让我和皇上见了面，我谢你还来不及呢！"

"那你就谢错人了，你应该谢我！"尔泰大笑说道。小燕子惊奇地看着尔泰。令妃连忙对小燕子介绍："这位是福伦大学士的二公子，他和大公子尔康，都是皇上面前的红人，尔泰是五阿哥的伴读，两个人可是焦不离孟！"

什么"焦不离孟"，小燕子听不懂。对那天自己中箭的事，仍然充满好奇。

"为什么我该谢你呢？"她问尔泰。

"如果不是我分散尔康的注意力，可能你就逃过一劫，五阿哥瞄准的时候，已经晚了一步，这才射到了你！所以，你应该是被我们两个'猎到'的！"尔泰嘻嘻哈哈地说。

永琪便对小燕子举着茶杯敬了敬：

"我以茶当酒，敬'最美丽的小鹿'！"

小燕子听了半天，对于自己怎么中箭的，还是糊里糊涂，却被两个人逗得哈哈大笑了，就豪气地举杯，嚷着说：

"敬最糊涂的猎人！"仰头一口干了杯子，这才发现杯子里是茶不是酒，不禁埋怨，"为什么不用真酒呢？喝茶有什么味道？满人都是大口喝酒、大块吃肉的，不是吗？"

"说得是！"

永琪回头一看蜡梅和冬雪，和环侍在侧的小太监们。

"奴才这就去取酒来！"太监宫女们嚷着，立刻纷纷行动。

好快的速度，小菜、酒壶、酒杯、碗筷全上了桌。

小燕子这一下可乐坏了。当"格格"的滋味真好！一声令下，就有一群人为你服务，太过瘾了！紫薇，你只好再委屈几天了！她甩甩头，把那份"犯罪感"硬给甩在脑后，就站起身来，高举酒杯，浅笑盈盈，对众人欢喜地说道：

"谢谢你们大家，对我这么好。虽然莫名其妙挨了一箭，差点把小命送掉，却得到了许多一生没有得到过的东西！我每天都新奇得不得了，真的忘了自己姓甚名谁了！今天，我会和一个阿哥、一个官少爷、一个皇妃娘娘，坐在御花园的亭子里喝酒，说出去都没有人会相信，简直像做梦一样！"看着永琪和尔泰，"我好高兴认识了你们，真想跟你们拜把子！"

永琪大笑起来：

"不用拜把子了，我是阿哥，你是格格。咱们本来就是兄妹！至于尔泰呢，他的额娘，是令妃娘娘的表姐，所以，沾亲带故，也可以算是你的哥哥了！"

"看样子，我有了一大堆的皇亲国戚！"

"不错！我听皇阿玛说，要用三个月的时间，让你把这些亲属关系，弄弄清楚！"

"这以后可忙了，多少规矩要学起来，头一件，你这汉人的鞋，是不能再穿了！"令妃笑着说。

"还有咱们的语言，满人不能不会满洲话！"尔泰说。

"这宫中礼节，也要一样样地学！"令妃又说。

"还要和咱们一起上书房，皇阿玛能诗能文，对子女的要求也高！"永琪再说。

小燕子越听越怕，眼睛越睁越大，听到这儿，不禁把酒杯往桌上一放，脱口说道：

"完了，完了！我完了！"

众人被她这句话，吓了一跳。

"什么叫'你完了'？"永琪问。

"如果要我学这么多规矩，我就不要当格格了！"小燕子认真地说。

令妃慌忙用力将小燕子衣襟一扯，笑笑说："又在胡说八道了！"

永琪深深地看着小燕子，对这个"民间格格"有说不出来的惊奇和好感。

"在宫里，不可以说我完了，这是忌讳的！以后不要再说了！"他提醒着小燕子。小燕子一呆。

"那我要说'我完了'的时候，我怎么说呢？"

尔泰大笑说：

"你怎么会'完'呢？你是千岁千岁千千岁，是'没完没了'的！是'长命千岁'的！是不会'完'的！"

"那我'死的'时候，也不会'死'吗？"小燕子又冲口而出。

令妃一把蒙住了小燕子的嘴。

众人瞪大了眼睛，面面相觑，连那些太监和宫女，都忍俊不禁。

尔泰和永琪，对这样一个没章法的格格，都不能不叹为观止了。

几天后，乾隆把几个心腹大臣，全部召到书房里来，商量小燕子的事……

“朕实在是没想到事隔多年，凭空多出这么一个如花似玉的格格来！哈哈……说起来冥冥中自有定数。那时，朕因接到太后懿旨，不得不匆匆离开济南返回北京，临行前，朕答应雨荷，会派人将她接回宫里来住。不料苗疆叛变，这一仗足足打了一年多才算平定，朕国事匆忙，也就把雨荷的事给耽搁了，想不到时隔十九年，朕的沧海遗珠，居然失而复得了！”

“此事足以证明皇上的真情感动了大地，阖家才得以团圆，可喜可贺。格格大难不死，必有后福！”福伦弯腰说道。

众臣也都躬身祝贺道：

“恭喜皇上！贺喜皇上！”

“朕今天召见各位贤卿，是想征求一下大家的意见！朕觉得对这个女儿，有点愧疚，想公开给她一个‘格格’名分，各位觉得如何？”

纪晓岚排众而出。

“皇上！臣以为，济南一段往事，难以取信天下。皇上是万民表率，也不宜有太多韵事传出，不如对外宣称，格格是皇上在民间所认的‘义女’，如此一来，给予‘格格’称谓，也就名正言顺了！”

“算是‘义女’？岂不太委屈她了！”乾隆有些犹豫，福伦诚恳地接了口：

“晓岚的顾虑，确实有理，当初，既是‘微服出巡’，知道的人不多。如果把这件佳话，传闻天下，只怕多事的人，渲渲染染，对皇上和格格，都是不利！说是'义女'，万无一失！"

"也罢，就依两位贤卿的意思！那么，朕封她为和硕格格，如何？"

"皇上！这也不妥！和硕格格必须是王妃所生，这位格格来自民间，生母又是汉人，身份特殊，如果封为和硕格格，恐怕引起议论和猜忌，让其他格格不平。不如给她一个特别的称谓，让她超然一点，也与众不同一点！"纪晓岚又说。

"纪贤卿考虑得很周到，但是，什么称谓才好呢？"

纪晓岚沉吟片刻，抬头说：

"'还珠格格'如何？"

乾隆想了想，不禁大喜，击掌叹道：

"还珠格格！哈哈！好一个'还珠格格'，朕喜欢！太喜欢了！就这样了！还珠格格！她是朕的还珠格格！"

就这样，小燕子名分已定。不管她自己还怎样迷迷糊糊，她却再也改变不了这个事实：她成为皇上面前的新贵，还珠格格！

第
五
章

在"册封"之前，小燕子还有一关要通过。

这天，小燕子被带到"承乾"宫，来见乾隆和皇后。令妃陪着她。

乾隆的这位皇后，姓乌喇那拉氏，是乾隆的第二个皇后。乾隆第一个皇后"孝贤皇后"，为人谦和，人人喜欢，长得非常美丽，和乾隆伉俪情深。可惜不长寿，在乾隆十三年死了。乾隆伤心得不得了，作了很多的诗来悼念她。在他的内心，没有人再能继任"皇后"的位子。但是，六宫不能没有统摄，在太后的示意下，立了现在这个皇后。因为有"孝贤皇后"在前，大家都会把两个皇后做一番比较，乌喇那拉氏就输给孝贤皇后了。乾隆自己对这个皇后，也有很多不满意。既不像对孝贤皇后那么"敬爱"，也不像对令妃那样"宠爱"，所以，这个皇后是很失意很落寞的。为了要证明自己聪明能干，她事事要强；为了皇后的尊严，她经常声色俱厉。在她心里，确实有很多的不平衡。这些不平衡，把她变成了一个尖锐而难缠的人物。

小燕子对这些一无所知，走进大厅，就看到乾隆和皇后了。

乾隆和皇后端坐在桌前，乾隆面带微笑，皇后却非常严肃。小燕子一见到皇后，心里就七上八下，充满不安。她知道，如果说她在宫里有什么敌人，那就是这个皇后了。她硬着头皮上前，胡乱地屈了屈膝。

"你们叫我？"

皇后脸一板，看了令妃一眼。

"这像话吗？"就锐利地盯着小燕子问，"你到现在，连'请安问好'都不会吗？见了皇上皇后，居然用'你们'两个字？"

小燕子一呆。

"那……不是'你们'，是什么？"

乾隆急忙打哈哈：

"慢慢教，慢慢教！"他看了令妃一眼，眼光却是柔和的，"你累一点，一样样跟她说明白！"

"是！"令妃应着。

"小燕子！你坐下！"乾隆说。

早有宫女搬了一张小凳子过来，让小燕子坐下。

乾隆就和颜悦色地说：

"今天，朕和皇后叫你过来，是因为关于你的身世，还有许多不明白的地方，需要你说说清楚！这些疑问弄清楚了，你就是朕的，还珠格格了！"

小燕子的心猛地一沉，睁大眼睛看着乾隆。疑问？弄弄清楚？这些"疑问"弄清楚了，管他什么"还珠格格""送珠格格"，我都不是了！这怎么办？

或者，干脆招了！把真相说出来算了！她心里想着，眼珠转来转去，正好接触到皇后的眼光，那眼光不怀好意地瞪着她，似乎在说："看我揪出你的狐狸尾巴来！看你的脑袋还保得住保不住！"小燕子的心，"怦"的一声，几乎跳出喉咙口。我才不要被你逮住！

我一定一定不能被你逮住！她咽了一口口水，看着乾隆："是！皇阿玛尽管问！"

"你娘有没有告诉你，朕和她，是怎么认识的？"
乾隆柔声问。

小燕子神色一松，慌忙说：

"有啊！她说，皇阿玛为了躲雨，去她那儿'小坐'，后来，雨停了，皇阿玛也不想走了！'小坐'就变成'小住'了！后来……"

乾隆震动了，在两位后妃面前，提起往年韵事，也略有一些尴尬，就忙着打岔，掩饰地咳了一声：

"正是这样，避雨，避雨，没错！"

皇后的脸色很不好看。

"小燕子，你是什么时候离开济南的？什么时候到北京的？"皇后问。

小燕子转动眼珠，算着紫薇的日子：

"去年八月我从济南动身，今年二月才走到北京。"

"哦？这么说，你到北京只有短短的几个月，你怎么讲着一口道地的京片子？听不出一点儿山东口音？"皇后问得敏锐。

小燕子答得机警：

"皇后，你不明白，我娘从小就给我请了一位老师，教我说北京话，我到现在才知道我娘为什么要这样做！原来，她早已知道，我可能有一天，要到北京来，要说北京话！"

乾隆好感动，频频点头。

令妃长长一叹，同情地说：

"真是用心良苦啊！"

皇后阴沉地瞪了令妃一眼，再锐利地转向小燕子。

"原来如此！那么，你总不至于不会家乡话吧！说几句山东话，给我们听听！"

小燕子愣了愣，心里一阵窃喜。要考我山东话有什么问题？柳青、柳红都是山东人呀！卖艺的时候，我还常常装成山东人呢！想着，便脸色一正，用山东腔拉长声音叫卖起来：

"包子，馒头，豆沙包……又香又大的包子，馒头，豆沙包……热乎乎的包子，馒头，豆沙包……"

宫女们拼命忍住笑。

乾隆和令妃对看，有些啼笑皆非。

皇后听得眼睛都睁大了。

"好了好了，说点别的！"皇后打断了她。

"别的？"小燕子想了想，就用山东话流利地说了起来，"在下小燕子，山东人氏。我为了寻亲来到贵宝地，不料爹没找到，我又生了一场大病，差点送掉小命！身上的钱，全体用完，因此斗胆献丑，在这儿表演一点拳脚功夫给大家看看！希望北京的老爷少爷，姑娘大婶，发发慈悲，有钱出钱。让我筹到回乡的路费，各位的大恩大德，小燕子来生做牛做马，报答各位！"

皇后皱着眉头：

"这词儿真新鲜！讲得也挺溜！"

"我练过好多次了！"小燕子一得意，冲口而出。

皇后立即问：

"练这个做什么？"

小燕子吃了一惊，睁大眼睛，飞快地转着念头。

"如果再找不着爹，我身上又没钱，只好去街头卖艺了！"她说。

乾隆听得心酸极了。令妃也是一脸的怜惜。只有皇后，越听越疑惑。

"你还会一点拳脚功夫？你娘居然教你这个？"

小燕子撒谎本来就是一个"专家"，这会儿已经不怕了，越说越溜：

"是啊！我娘说，姑娘家不学一点功夫，容易被人欺负，要我学拳脚，可惜我不用功，什么都没学好。"

皇后冷冷地看着小燕子，有力地说：

"你娘这样栽培你，你的学问一定挺好！你的皇阿玛能文能武，诗词歌赋样样强，想必你也学了诗词歌赋！背两首诗来听听吧！"

小燕子吓了一大跳，这才觉得问题来了，她看看皇后，又看看乾隆，有些慌了。

"我娘没教我作诗……"她张口结舌，吞吞吐吐。

皇后陡地提高声音：

"这就怪了！你娘教你说北京话，教你拳脚功夫，不教你作诗？那么，四书五经总读过吧？"

"什么书什么经？"她想了起来，眼睛一亮，"我会背几句'三字经'。""还有呢？总不会只有三字经吧？"

小燕子额上冒汗了，发现这个皇后实在很难缠。

心里一急，撒赖的功夫就出来了。背脊一挺，恼羞成怒、豁出去地喊了起来：

"我是没有什么学问，也没念过多少书！皇后这样审我，是不是皇阿玛不要认我了？不认就算了嘛！用不着考我！"

皇后又惊又怒：

"皇上！您看她这是什么态度？难道我问问她都不行吗？"

乾隆早已认定了小燕子，一句"避雨"，又说中了乾隆往事，他心里，再也没有怀疑，只有怜惜。看到小燕子被皇后逼得手足无措，更是心有不忍。他全心向着小燕子，代她着急，还来不及说什么，小燕子已经大声接了口：

"我娘，她就是很奇怪嘛！她教我这个，教我那个，就没有好好地教我做学问！她说，姑娘家学那么多干什么？她现在已经死了，我也没办法问她为什么。反正，我也弄不清楚，我也不明白……你再问，我还是不明白……"

乾隆听到这里，心中酸楚，揣测着雨荷的心态，再也按捺不住，面色凄然地说：

"你不明白，朕明白！"

小燕子吃了一惊，眼睛睁得好大，我都不明白，你居然明白？她愕然地问：

"啊？皇阿玛明白？"

乾隆重重地一点头。

"是，朕什么都了解了！"他叹了口气，"唉！你娘是个真正的才女呀！诗词歌赋，琴棋书画，样样都行！当初，就是她的才气让朕动了心，可是，却让她付出了整个的一生！她的怨，是这么深刻，她不要你再像她一样……唉！女子无才便是德，真是用心良苦呀！"

小燕子喉咙里咕嘟一声，咽了一口口水，如释重负。

皇后疑惑极了，却抓不着把柄。

"那么，小燕子，你娘临终，是怎样对你说的？除了交给你的两件信物以外，还有什么'夜半无人私语时'的话吗？"

"夜半什么？半夜什么……"小燕子头昏脑涨，"半夜没人的时候，我娘就死啦！"她哀怨地看乾隆，"皇阿玛，我可不可以不说我娘临死的事？我……我……我……"声音颤抖着，一半由于害怕，一半由于技穷。

令妃看看小燕子，再看乾隆，委婉地插嘴了：

"皇上！咱们别问了吧！这不是很残忍吗？您瞧，小燕子已经快哭了，何必再折磨这孩子呢？她才十八岁，已经受过这么多苦了，好不容易，冒着生命危险，从鬼门关转了一圈，才找着了亲爹。现在，咱们还要她一件一件地说，一件一件地回忆，不是让她再痛一次，难道她的伤口还不够多、不够深吗？"

乾隆早已心痛极了，令妃的字字句句，更是敲进他的心坎里，立刻大声说："小燕子，你什么都不用说了，朕已经完完全全地相信了你，肯定了你！再也没有丝毫的怀疑！从今以后，谁都不许再盘问你什么，你就是朕失而复得的'还珠格格'！"就回头喊，"令妃！"

"臣妾在！"令妃大声应着。

"你帮朕好好地教她！"

"臣妾遵命！十天之内，一定给您一个仪态万千的格格！"令妃答得有力，充满信心，面有得色。

皇后对令妃恨得牙痒痒，对小燕子一肚子狐疑，她知道，这个来历不明的小燕子疑窦重重，绝对绝对有问题！但是，在乾隆的百般庇护和自圆其说下，她却充满了无可奈何。

小燕子知道过关了，好生得意，睁着黑白分明的大眼睛，忍不住胜利地扫了皇后一眼。

十天以后，令妃带着宫女们，细心地把小燕子打扮成一个"格格"。

梳好了头，钗环首饰，一件件地插上发际，再把那顶缀着大红花的"格格"头，给她戴好。耳环珠钗，一一上身。当然免不了画眉染唇，胭脂水粉。最后，是那双"花盆底"鞋，代替了平底的绣花鞋，穿上了小燕子的脚。

小燕子被动地坐着，已经很不耐烦。但是，蜡梅冬雪她们忙得不亦乐乎。令妃跑前跑后，不住地拿来这个，又拿来那个，拼命往小燕子头上身上戴去。人家一番好意，她只得勉为其难地忍耐着。

终于，令妃满意了，站在她面前，左打量，右打量。

"真是佛要金装，人要衣装！这样一打扮，才真是一位格格了！镜子！"

冬雪捧了镜子，送到小燕子面前。

小燕子对着镜子一看，这一惊非同小可，大叫一声，整个人直跳了起来。

"哇！这怎么可能会是我？"

冬雪吓得镜子差点落地，幸好一手接住。

正给小燕子上胭脂的蜡梅，运气没那么好，吓得手一松，胭脂盒坠地。

"奴婢该死！"蜡梅急忙跪下。

小燕子伸手去拉蜡梅，真受不了大家动不动就下跪！

"不是你该死，是我这样打扮太奇怪了，不行不行……"她抓起桌上的帕子，就去擦着脸孔，"太红了，简直像猴儿屁股！"

令妃急忙拉住小燕子的手，又急又好笑，阻止着小燕子：

"别动别动！你看哪一位格格，不是这样打扮，连我身边的七格格和九格格，也是这样的！待会儿皇上要来，你就规矩一点，给皇上看看你的格格样子！"

说着，又俯身在小燕子耳边说："还有，这'屁股'两个字，身为格格，是不能说的。"

小燕子掀眉瞪眼，冲口而出：

"难道'格格'就没有'屁股'？皇阿玛还不是要用'屁股'坐。"

蜡梅冬雪和宫女们掩着嘴，拼命要忍住笑。

令妃啼笑皆非。

"怎么规矩那么多！烦都烦死了！哦……"想了起来，"这'死'字格格也不能说……可是宫女们动不动就说'奴才该死'，真是奇怪！"她动了动手脚，脸拉得比马还长，"你们在我身上，涂了太多东西，这个头就有几斤重，这不是打扮，这是受罪嘛……"

说着，从椅子上站了起来，想走动，一抬脚，差点摔跤，慌忙扶住桌沿，颤巍巍地站着："头上有高帽子，脚下有高鞋子……这比练把式还难！"

小燕子的议论还没发完，门外太监们的声音，已经一路嚷来：

"皇上驾到，皇后驾到！"

令妃一凛，急忙走出去迎接。

"臣妾恭请皇上吉祥，皇后吉祥。"

乾隆笑着扶起了令妃，说道：

"皇后特别要来看看你调教的成绩。小燕子怎样？这规矩都学会了没有？"

令妃笑笑，朝里屋看看，心里实在有点不放心。

乾隆已经和皇后走了进去。宫女太监立刻趴了一地，大喊着："皇上吉祥！皇后吉祥！"小燕子像个雕塑一样，直挺挺站在那儿，动也不敢动。令妃急忙喊：

"格格，还不快向皇阿玛、皇后娘娘行礼！"

小燕子听见令妃的吩咐，有些尴尬苦笑。那个"花盆底"，弄得她连站都站不稳，还行什么礼？她心里直叫苦，眼看乾隆和皇后盯着自己，没办法，只好硬着头皮，学着满人敬礼的方式，帕子一挥，嘴里喊着：

"是！皇阿玛吉祥，皇后娘娘吉祥……哎呀！"

小燕子两手往腰间一插，正要屈膝时，因为双手离开桌面，骤然失去了重心，一个无法平衡，话还没说完，人已整个地趴在地上了。

乾隆惊愕地瞪大了眼睛。

皇后掩口而笑，幸灾乐祸地说：

"这个礼，行得也太大了！"便瞟了令妃一眼，不满地问，"连个'请安'都还没教好吗？那……'走路'会吗？"

令妃又慌又窘，上前扶起小燕子，惭愧地低下头去。

"是臣妾调教无方……"

令妃话未说完，小燕子已经从地上一跃而起，稳住身子，傲然地说：

"别怪令妃娘娘了，她已经教过几百遍了，谁会连'走路'都不会呢？让我走几步给你们看看！"

小燕子一面说，一面往前就"走"，这次有了防备，把练武的一套都搬出来了，脚不沾尘地飞掠过乾隆和皇后的面前，竟然穿房而过，窜到外间去了。

乾隆和皇后错愕间，小燕子又飞掠而回，"唰"的一声闪了过来，一个大转身，稳稳地站在乾隆和皇后的面前。

"这是表演功夫，还是怎么的？"皇后惊得目瞪口呆。

乾隆惊愕之余，却哈哈大笑起来了。

"怪不得你的名字叫'小燕子'，原来走起路来，是用飞的，飞过去，又飞回来，真是一只小燕子呀！哈哈！哈哈！"

乾隆这样一乐，众人如释重负，全都配合着笑。

只有皇后，一脸的不以为然。

"既然已经册封为'还珠格格'，这种种规矩，还是要学会！总不能见了王公大臣，也是这样'飞过去，飞过来'吧？"

"臣妾知罪，一定加紧训练。"令妃说。

乾隆不大高兴了，对皇后皱皱眉：

"你也太严肃了一点，小燕子来自民间，不能用宫中规矩，要求太多！"

"皇上这话错了，小燕子已经贵为格格，马上就要让百官参拜，还要游行到天坛祭天，去雍和宫酬神，那么多的场面，如果她有一些失态，岂不是让皇上丢脸吗？"皇后义正词严。

乾隆愣了愣，脸色不大好。

小燕子急忙一甩帕子，稳稳地请下安去，这次，却丝毫不错。

"皇阿玛不用操心，皇后娘娘也不用着急，我一定尽快学会规矩，不让皇阿玛丢脸。"

乾隆一怔，又忍不住笑了，怜爱备至地看着小燕子："好一个'还珠格格'，真是冰雪聪明呀！"说着，就看令妃，"朕已经把漱芳斋赐给小燕子住！明儿起，她不必挤在你这儿，可以让她'自立门户'了。"

这下，轮到皇后的脸色不好看了。

"漱芳斋"是宫里的一个小院落，有大厅，有卧室，有餐厅厨房，自成一个独立的家居环境。在宫里，每个宫都有名字，皇后住的是"坤宁宫"，令妃的是"延德宫"，永琪住的是"景阳宫"，乾隆住的是"承乾宫"。另外还有"钟粹宫""永和宫""永寿宫""翊坤宫"和许多小燕子叫不出名字也认不得字的宫，里面住着乾隆的众多妃嫔和阿哥们、格格们。

小燕子搬进了"漱芳斋"，才知道自己不再是一"附属品"了。随着她的搬迁，明月、彩霞两个宫女就跟了她。小邓子、小卓子两个太监也跟了她。小卓子本来不姓卓，姓杜。小燕子一听他自称为"小杜子"，就笑得岔了气。"什么小肚子，还小肠子呢！"于是，把他改成了小卓子。因为既然有个"小凳子"不妨再配个"小桌子"。小杜子有点不愿意，小邓子拍着他的肩说：

"格格说你是小卓子，你就是小卓子，你爹把你送进宫来，还指望你'传宗接代'吗？"于是，小卓子就磕下头去，大声"谢恩"。

“小卓子谢格格赐姓！”

这样，这个“漱芳斋”就很成气候了。再加上厨房里的嬷嬷，打扫的宫女太监们，这儿俨然是个“大家庭”了。然后，乾隆的赏赐，就一件件地抬了进来。珍珠十串，玉如意一支，玉钗十二件，珍玩二十件，文房四宝一套，珊瑚两件，金银珠宝两箱，银锭子一百两……看得小燕子眼花缭乱，整个人都傻住了。

“哇！这么多金银珠宝，以后再也不用去街头卖艺了……够大杂院里大家过好几辈子！”小燕子想着，就心痒难搔了，“怎样能出宫一趟才好！怎样能把这些东西送去给紫薇才好！”

小燕子想着想着，就像害了相思病一样，想起紫薇来。紫薇，紫薇，我要怎样才能让你明白，这整个事情的经过？我要怎样才能把格格还给你呢？午夜梦回，夜静更深的时候，小燕子也会被“自责”折磨得失眠。看着那栉比鳞次的屋檐，听着一声声的更鼓，她好想好想大杂院啊！

当乾隆来到“漱芳斋”，对小燕子关怀地问：

“这房子还满意吗？能住吗？”

小燕子挑起眉毛，夸张地喊：

“能住吗？住起来真有点困难呢！”同来的令妃吓了一跳，急忙问：

“怎么？缺什么吗？我赶快叫人给你办！”

"就因为什么都不缺，才奇怪呢！睡在这样的房子里，想着大杂院……我是说，想着许多我进宫以前的朋友，我就睡不着了。"

乾隆深深地看着小燕子。

"你进宫以前，还有很多朋友吗？"

"那可不！"

乾隆点点头。

"等朕有时间的时候，应该跟你好好地谈一谈。"便怜爱地问，"还有什么需要没有？你尽管说！"

小燕子对着乾隆，"扑通"一跪，哀求地喊着：

"皇阿玛！"

"怎么？怎么？有什么不称心的吗？"乾隆着急地问。

"我想到宫外走走！"

"宫外？"乾隆怔了怔，"你想出宫，并不是不可以！但是，最近这段日子还不行，你有那么多礼节规矩还没学会，何况，马上要带你去祭天酬神了，那可是一个大日子……"想了起来，对小燕子安慰地笑着，"对了，那天你就到宫外了！被大轿子抬着，从皇宫一路抬至天坛去！会很热闹的！你就忍耐两天吧。"

那天真的是个大日子。

在旗帜飘飘下，仪仗队奏着鼓乐，马队迤逦向前。

街道两旁，万头攒动，大家争先恐后地拥挤着，要争睹皇上和格格的风采。乾隆盛装，坐在一顶龙舆内，在永琪及其他阿哥贝子们的簇拥下，威武地前行。乾隆拉开轿帘，不住对夹道欢呼的民众挥手。

小燕子真是神气极了，穿着清朝格格的盛装，坐在一顶十多人所抬的大轿上，四周有侍卫保护和大臣簇拥，沿街缓缓行进。小燕子在如此壮观的游行中，不免得意扬扬，把轿帘全部拉开，恨不得连脑袋都伸到窗外去，不住地对群众挥手示意。

群众你推我挤，叫着，嚷着，人人兴奋着。大家的欢呼不断，吼声震天：

"皇上万岁万岁万万岁！格格千岁千岁千千岁！"

一路有群众匍匐于地。

小燕子听到群众这样的欢呼，激动得一塌糊涂。她是小燕子呀！以前走在街上，没有几个人会对她正眼相看，现在，竟然人人对她欢呼！她太感动了，太震动了，太兴奋了！多么可爱的人群啊！她恨不得跳下轿子，去拥抱那些群众，去跟他们一起欢呼。

小燕子陶醉在人群的叩拜和欢呼里，完全没有发现，紫薇、金琐、柳青、柳红也挤在人群里观望。紫薇瞪着那顶金碧辉煌的轿子，瞪着那个掀开轿帘、珠围翠绕的"格格"，震惊得目瞪口呆。

金琐扶着紫薇，眼珠都快要从眼眶里掉出来了，她摇着紫薇，不相信地喊着：

"小姐！小姐！你看，那是小燕子呀！坐在轿子里的是小燕子呀！她成了格格了！是不是？是不是？"

紫薇瞪着小燕子，整个人都吓傻了。不不！这不可能！小燕子不会这样对我！

柳青看着轿子，忍不住大跳大叫起来：

"小燕子！小燕子！那是小燕子呀！"

柳红也挥着帕子大叫：

"小燕子！小燕子！看这边呀……你怎么会变成格格呢？"

小燕子什么都没有听到，外面的人群太多，人声鼎沸。各种欢呼，各种议论，早把紫薇的声音淹没了。在那黑压压的人群中，紫薇他们四个，像是四粒沙尘，那么渺小而不起眼。小燕子坐在轿子中，在轿夫的晃动下，在乐队的吹奏中，几乎要手舞足蹈了。

她很忙，忙着笑，忙着对群众不停地挥手。

群众继续高喊着："恭祝皇上万岁万万岁！恭祝还珠格格千岁千千岁！"

"还珠格格！还珠格格？"紫薇这才大梦初醒般跟着低喊着。

柳青急忙问一位群众：

"什么是还珠格格？"

群众立刻十嘴八舌地接了口，

"你还不知道吗？万岁爷收了一个民间女子做'义女'，封为'还珠格格'，今天，是带还珠格格去祭天酬神呀！”

“听说这位还珠格格神通广大，万岁爷喜欢得不得了！”

“我叔叔在宫里当差，我最清楚了！这位格格……来头不小，说是‘义女’，搞不好就是金枝玉叶！谁都知道，皇上最喜欢‘微服出巡’了，东南西北到处跑……就跑出一个格格来啦！”紫薇听着这些议论，震动已极。

金琐已经气急败坏，摇着紫薇，痛喊道：

“小姐！她骗了你！她拿走了信物，她做‘格格’了！”

紫薇瞪大眼睛，整颗心都揪起来了。她向前面看去，那威武的乾隆皇帝已经走远了，小燕子的轿子也慢慢地走远了。但是，小燕子那打扮得无比美丽的脸庞，那得意的笑，那挥舞着的手……全在她眼前扩大，扩大，扩大到无穷无尽。

“还珠格格千岁千岁千千岁！”

群众的欢呼，震动着紫薇的耳膜。声音响得铺天盖地。还珠格格，还珠格格？是沧海遗珠？是还君明珠？紫薇的心，紧紧地抽痛了，痛得翻天覆地。

轿子，马队，仪队，乐队……络绎向前。

尔康、尔泰骑着大马，不断巡视过来，严密地保护着皇上和“还珠格格”。

尔康叮嘱着尔泰：

“老百姓太多了，要小心一点，严防刺客！”

"我知道！"

队伍缓缓前行。

紫薇的眼光，始终直勾勾地看着前面。小燕子的脸，群众的欢呼，卫队的簇拥和在前面舆轿中的乾隆，那和她这么接近又这么遥远的乾隆……交叉叠印，在她眼前，如万马奔腾……

紫薇蓦然间，发出一声撕裂般的狂喊，排众而出，没命地追向小燕子的轿子，嘴里，疯狂般地大叫着：

"她不是'格格'！她是骗子！她是骗子！皇上，你被骗了！皇上……我才是'格格'呀！小燕子……你好狠呀，我们不是结拜的吗？你怎么可以这么欺骗我……你怎么可以这样对我？"

紫薇这样一叫，群众骚动，卫队骚动。

尔康急忙勒马奔来，一眼看到紫薇，年纪轻轻，美貌如花，却像着了魔，疯狂般地向前冲，势如拼命。尔康大惊，急忙喊：

"侍卫！把她抓起来！"

尔泰也勒马过来，察看发生了什么大事。尔康挥手喊道：

"尔泰！你保护皇上和格格，不要让他们受到惊扰，这儿有我！"

"是！"

尔泰便带着官兵，簇拥着乾隆和小燕子，隔断了紫薇的骚扰，向前行去。小燕子和乾隆，依然笑着，依然挥手，浑然不知身后的混乱。

紫薇立刻身陷重围，已有一群侍卫，一拥而上，七手八脚地抓住了紫薇。

紫薇拼命挣扎，痛喊着：

"小燕子！你回来，你跟我说明白……我对你这样挖心挖肝。为什么会变成这样……你做了格格，你要我怎么办……要我怎么办？"她在侍卫的手中，扭曲着身子，奋力想冲出去，嘴里继续狂喊，"不要抓我！我要见那个格格！我要问问清楚，我要见皇上……我要见皇上……"

尔康怒叱：

"哪儿来的疯子？敢在今天闹场！给我拖下去！关进大牢去！"

"喳！"侍卫们大声应着，拖着紫薇走。

金琐陷在人群之中，眼看紫薇要被抓走，惊得全身冷汗。她努力地冲着，挤着，想穿过重围，去保护紫薇，在人群里尖叫着。

"小姐！小姐呀……"

柳青、柳红看到紫薇被捉，也都大惊失色，柳青狂叫道：

"紫薇！赶快回来呀！"

官兵怒吼，拦着老百姓，人群挤来挤去，要看热闹，场面完全失控，一片混乱。

紫薇在侍卫手中，徒劳地挣扎，惨烈地呼号：

"皇上……你认错人了……皇上……"

尔康见紫薇狂叫不已，人群也越挤越多，生怕惊动乾隆，急喊：

"让她住口！快抓下去，不要惊扰到圣上和格格！"就在此时，柳青柳红竟然飞过人群，一路扫了进来。柳青大吼着：

"放下那位姑娘！看掌！"

柳红跟着杀了进来，一路把人撂倒在地。

尔康又急又气，又惊又怒。怎么可能？这么高兴的场合，万民同欢的场面，居然有人捣乱？他勒住马，大叫："喀什汗！把他们都拿下！"

"喳！"

便有一个大汉，率了一队高手，立刻将柳青柳红团团围住……

紫薇被侍卫拖着走，她已经没有挣扎的力气，嘴里仍在凄厉地喊着：

"皇上……折扇是我的……'烟雨图'是我的……夏雨荷是我娘呀……"

听到这样几句话，尔康悚然一惊。她知道折扇，知道"烟雨图"，知道"小燕了"，还知道"夏雨荷"！

这个狂叫的年轻女子，到底是什么来历？他不禁注意地、仔细地看向紫薇。

侍卫见紫薇狂叫不休，对紫薇一拳挥去。顿时间，众侍卫便对紫薇拳打脚踢起来。紫薇不支，倒在地上，嘴角溢出血来。

尔康翻身落马，冲上前去，一把抓住侍卫。

"住手！不要打！"

侍卫停手，惊看尔康。

紫薇抬起头来，看着尔康。她满面是伤，嘴角带血，但是，那对盈盈然的大眼睛，清清澈澈，凄凄楚楚，带着无尽的苦衷和哀诉，瞅着尔康。她挣扎着爬向他，伸手抓住他的衣摆。

"告诉皇上，请你告诉皇上，'雨后荷花承恩露，满城春色映朝阳'……皇上的诗……写给夏雨荷的……"紫薇说到此处，不支地倒在尔康脚下。

尔康大震。她知道皇上的诗，还能背出这首诗！

这是什么女子？

就在此时，金琐终于冲出重围，一见紫薇倒地，肝胆俱裂，以为紫薇已被打死，扑奔上前，哭倒在紫薇身上。

"小姐！你不能死！你死了，我如何对得起死去的太太……早知道会这样，我们就待在济南，不要来北京了……"

尔康更加惊疑。济南？死去的太太？小姐？

此时，福伦勒马过来。

"尔康，到底怎么回事？有个疯女人吗？"

尔康怔怔地看着脚下的紫薇主仆，回头看看福伦，当机立断地说：

"阿玛，事有可疑，我把她们都带回府里去，再慢慢审问！"

福伦点头。

前面，乾隆踌躇满志，一脸的笑，对于身后的打斗争吵，一点也不知道。对于有个和自己关系密切，可能是他真正的"沧海遗珠"，正被自己的卫队打得半死，更是连影子都没看到。他兴高采烈地接受着群众的欢呼，心底涨满了喜悦和欢欣。但是，那被层层队伍簇拥着、包围着的小燕子，却不知怎的，似有所觉，频频回顾，微笑里透着不安。"好像有紫薇的声音……"她想着。往前看，仆从如云；往后看，卫队如山；往左右看，群众如蚁。哪儿有紫薇？

小燕子用力甩甩头，甩不掉紫薇的影子。紫薇，这是暂时的！等我保住了脑袋，等我过够了"格格瘾"，我会把你爹还给你的！一定，一定，一定！

群众仍一路拜倒，高声呼叫着：

"恭祝皇上万岁万岁万万岁！恭祝还珠格格千岁千岁千千岁！"

第
六
章

　　紫薇万万没有料到，学士府竟是一个温馨的、亲切的地方。

　　福晋是一个高贵而温婉的女子。看到伤痕累累的紫薇，她什么话都没问，立刻拿出自己的衣裳，叫丫头们侍候紫薇梳洗更衣，又忙不迭地传来大夫给紫薇诊治。几个时辰以后，紫薇已经换了一套干净的衣服，也重新梳妆过了，躺在一张舒适的雕花大床上。她神情憔悴，看来可怜兮兮。

　　福晋弯腰看着紫薇，微笑地说：

　　"好了，衣服换干净了，人就清爽好多，对不对？大夫已经说了，伤都是一些外伤，还好没有大碍，休养几天，就没事了！"紫薇见福晋这么慈祥，不禁痴痴地看着福晋，在枕上行礼，说：

“福晋，夏紫薇何德何能，有劳福晋亲自照顾，紫薇在这儿给您磕头了！”

福晋听紫薇说话文雅，微微一怔，连忙笑着说：

“不敢当！姑娘既然到了我们府里，就是咱们家的贵客，好好养伤，不要客气！”

金琐捧着一个药碗，急急地走到床前。

“小姐，赶快把这个药喝了，福晋特别关照给你熬的，大夫说，一定要喝！”

紫薇看着金琐，想到小燕子，就忍不住悲从中来，推开药碗，伤心地说：

“小燕子这样背叛我，我心都凉了、死了！信物没有了，娘死了，爹……也没指望了，我活着，还有什么意思呢?”

“不能这样说呀！留得青山在，不怕没柴烧呀！”
金琐急急安慰着。

这时，尔康、尔泰和福伦一起进来。

金琐急忙起立。

“她好些了吗?”福伦问福晋。

“好多了。”

尔康走到床前，深深地看了紫薇一眼。惊奇地发现，这个紫薇，虽然脸上带伤，脸色苍白，眼神中盛满了无助和凄楚，但是，她的秀丽和高雅，仍然遍布在她眉尖眼底，在她一举手一投足之间。那种典雅的气质，几乎是无法遮盖的。尔康凝视着紫薇，微笑地说道：

"让我先介绍一下，这是我的阿玛，官居大学士，被皇上封为忠勇一等公。我的额娘，你已经见过了。我是福尔康，是皇上的'御前行走'，负责保护皇上的安全。这是我弟弟福尔泰，也在皇上面前当差！你都认识了，就该告诉我们，你到底是谁了？"

紫薇见尔康和颜悦色，心里安定了一些，就掀被下床，请下安去。

"夏紫薇拜见福大人！给福大人请安了！"又回头对尔康、尔泰各福了一福，不卑不亢地说道，"见过两位公子！"

福伦同样被紫薇那高贵的气势震住了，慌忙说：

"姑娘不必多礼！今天姑娘大闹游行队伍，到底是怎么回事？"

"这件事说来话长！"紫薇激动起来。

"你尽管说，没有关系！"

紫薇有所顾忌，四面看看。

尔康回头看婢女们，挥手道：

"大家都下去！"

婢女退出，房门立刻合上了。

福伦、尔康、尔泰、福晋都看着紫薇。福晋扶着她坐下，大家也就纷纷落座。只有金琐不敢坐，侍立在侧。紫薇就开始说了：

"我姓夏，名叫紫薇，我娘名叫夏雨荷，住在济南大明湖畔。从小，我就知道我是一个和别人不一样的孩子，我没有爹，我娘也不跟我谈爹，如果我问急了，我娘就默默拭泪，使我也不敢多问。虽然我没有爹，我娘却变卖家产，给我请了最好的师傅，琴棋书画，诗词歌赋，都细细地教我。十二岁那年，还请了师傅，教我满文。这样，一直到去年，我娘病重，自知不起，才告诉我，我的爹，居然是当今圣上！"

大家看着紫薇，房间里鸦雀无声。

紫薇继续说：

"我娘临终，交给我两件信物，一件是皇上亲自题诗画画的折扇，一件是那张'烟雨图'！要我带着这两样东西，来北京面见皇上，再三叮嘱，一定要我和爹相认。我办完了娘的丧事，卖了房子，带着金琐，来到北京。谁知到了北京，才知道皇宫有重重守卫，要见皇上，哪有那么容易！在北京流落了好多日子，也想过许多办法，都行不通。就在走投无路的时候，认识了充满侠气的小燕子，我俩一见如故，我就搬到狗尾巴胡同的大杂院里，去和小燕子同住，两人感情越来越好，终于结为姐妹……"

"等一下！你和小燕子结为姐妹，她怎么会跟你同姓？"尔康追问。

"小燕子无父无母，姓什么，哪时生的，都搞不清楚。她为了要抢着做我的姐姐，决定自己是八月初一生的，因为她没有姓，我觉得好可怜，就要她跟着我姓夏。"

"原来如此！"大家都恍然大悟，不禁深深点头。

"我和小燕子既然是姐妹了，也没有秘密了！我就把信物都给小燕子看了，把身世告诉了她。小燕子又惊又喜，整天帮我想主意，怎样可以见到皇上？然后就是围场狩猎那天。事实上，我们三个都去了围场，小燕子带路，要我翻越东边那个大峭壁，是我和金琐不争气，翻来翻去翻不动，摔得一身是伤。没办法了，我就求小燕子，带着我的信物，去见皇上！把我的故事，去告诉皇上！小燕子就义不容辞地带着我的信物，闯进围场去了！从此，我就失去了她的消息，直到今天，才在街上看到她，她却已经成了'还珠格格'！"

紫薇说到这儿，已经人人震动。大家都惊讶不止，紫薇的故事，几乎毫无破绽，太完整了。大家呆呆地看着紫薇，研究着这个故事的可信度。金琐站在一边，紫薇说一段，她就哭一段，更让这个故事，充满了动人的气氛。

"我的故事，就是这样。我发誓我所说的话，一字不假。可是，我自己也知道，要你们相信我的故事，实在很难。现在，我身上已经没有信物了，一切变得口说无凭。可是，小燕子不是济南人，她是在北京长大的，住在狗尾巴胡同十二号，柳青、柳红和她认识已久，她的身份实在不难查明。如果福大人肯明察暗访一下，一定会真相大白。我到了今天，才知道人心难测，我和小燕子真心结拜，竟然落到这个后果。想到自从小燕子失踪，我为她流泪，为她祷告，为她祈福，为她担心……我现在真的很心痛。我已经不在乎自己是不是格格，只可惜失去一个好姐妹，又误了父女相认的机会！"紫薇说到这里，痛定思痛，终于流下泪来。

大家听完，彼此互视。好半天，都没有人说话。

过了一会儿，福伦便站起身来。

"夏姑娘的故事，我已经明白了！我想，如果夏姑娘所言，都是真的，我们一定会想办法，给你一个公道！目前，就请夏姑娘留在府里，把身子先调养好，一切慢慢再说！"说着，回头看福晋，"拨两个丫头照顾夏姑娘！"

"你放心，我会的。"

福伦起身离去，尔泰相随。

尔康跟着福伦，走了两步，不知怎的，又退了回来。

尔康摸着桌上已经凉了、还没喝过的药碗，看着紫薇，温柔地说：

"药已经凉了，我待会儿让丫头去热！药一定要吃，身上的伤，一定要养好！今天……在街上，实在是冒犯了，当时那个状况，我没有第二个选择！"

紫薇凝视尔康，含泪点头：

"不！你没有冒犯我，是你救了我！如果我今天落在其他人手里，大概已经没命了！谢谢你肯带我回府，谢谢你肯听我说这么长的故事！”

尔康深深地看着紫薇，看着看着，竟有些眩惑起来。

学士府有一段忙碌的日子。

尔康马不停蹄，立刻去了大牢。柳青、柳红那天和侍卫大战，怎么打得过那么多大内高手，已经失手被捕。尔康什么话都没说，就把两人放了出来。接着，尔康去了大杂院，参观了小燕子和紫薇住过的房间，见过了大杂院里的老老小小，又和柳青、柳红长谈了一番。什么都真相大白了！紫薇是真格格，小燕子是假格格！

尔康实在太震动了。再也想不到，小燕子这么大胆，冒充格格，犯下欺君大罪，这是要诛九族的事！

但是，想那小燕子，一生贫困，混迹江湖，又没受过什么教育，碰到这么大的诱惑，可以从一无所有，摇身一变，变成什么都有，她大概实在无法抗拒这个机会吧！至于犯罪不犯罪，杀头不杀头，她大概也顾不得了。

尔康证实了紫薇的故事以后，第一件要处理好的，就是柳青、柳红。

“我想，你们对于小燕子怎么会变成格格，一定充满了疑问。这件事确实很离奇！她是那天闯围场，被皇上拿下了，带进宫里，是她的缘分吧，皇上居然十分喜欢她，就收了她做‘义女’！事情是很简单的，但是，她既然已经是‘格格’了，两位最好守口如瓶，不要把格格的往事，拿出来招摇，免得惹祸上身。"

柳青一挺背脊，粗声说：

"什么惹祸上身？她变成格格也好，她变成天王老子也好，她就是变不出她自己那个样！孙悟空不管怎么变，还是一只猴子！"

"这话错了！"尔康正色，神情严肃地说，"她有了头衔，有了封号，有了皇上的宠爱……她已经成了金枝玉叶，不是当初走江湖的姑娘了，即使是我，也不敢直呼她的闺名，你们也收敛一点！否则，像今天这种牢狱之灾，恐怕会源源不绝而来，那时候，就不能像今天这样轻松了！"柳青怔忡着，脸色阴晴不定。

柳红已经听出尔康话中的利害，慌忙对尔康说道：

"我们明白了！从此以后，不会乱说了！"

"那就好！"尔康看着二人，"至于夏姑娘，暂时住在我们府里，大概不会回到这儿来住了！你们心里，也该有个谱！"说着，就从怀中掏出一锭银子，放在桌上，"这个，请给大杂院里的老老小小，买点吃的穿的！是……夏姑娘的一点心意。"

柳青满面狐疑，瞪着尔康，知道对方的来头，听出对方的"言外之意"，他就算有一千个、一万个怀疑，也只有咽进肚子里去。他深吸了一口气，冲口而出：

"看样子，不只小燕子当了'格格'，紫薇也变成凤凰了！我们什么都不问。这个大杂院，和紫薇小燕子她们，大概是缘分已尽了！"

尔康回到学士府，把经过都说了。福伦一家，实在是震撼到了极点。

尔泰对小燕子，充满了好感，怎样都无法相信，那个天真无邪、毫无心机的小燕子，会是一个出卖结拜姐妹、鹊巢鸠占的假格格！

"怎么可能呢？"他不住口地说，"那个'还珠格格'天真烂漫，有话就说，一点心机都没有，举止动作之间，完全大而化之，什么规矩礼仪，对她来说，都是废话。上次和她在御花园里相遇，她居然就在亭子里面，和我们喝起酒来，简直像个男孩子一样，又淘气又率直，是个非常可爱、也非常有趣的人。她怎么可能背叛紫薇，做下这样不可原谅的大事？"

"不管你相不相信，事实就是事实！"尔康懊恼地说，"假格格在宫里，真格格在府里！这件事，是件大大的错误！"

福晋思前想后，不禁着急起来。

"这事有点不妙！皇上对这个还珠格格好像爱得不得了，现在连酬神都酬过了，祭天也祭过了，等于昭告天下了……如果搞了半天，居然发现是个假格格，皇上的面子往哪里搁？恐怕有一大群人要受到牵连，头一个，就是令妃娘娘！皇后和令妃已经斗得天翻地覆，拿着这个把柄还得了！"

福伦神色一凛，说：

"夫人，你想的，正是我想的。"

"阿玛的意思是……"尔康看着福伦。

福伦眼光锐利地看着尔康：

"不管怎样，我们先把这个夏姑娘留在府里，免得她在外面讲来讲去，闹得尽人皆知！至于她是真格格这件事，只有我们几个知道，一定要严守秘密！目前，什么话都不能泄露……"

"那么，我们就什么都不做吗？"尔康着急地问，"已经知道了真相，还让那个假格格继续风光吗？我觉得，应该把真相禀告皇上！"

福伦一凛，急忙说道：

"事关重大，千万不能操之过急。我们是令妃的娘家人，有个风吹草动，大家都会惹祸上身！"

"这么说，紫薇的身份就永远没办法澄清了！何至于皇上知道被骗，就要迁怒给令妃娘娘呢？"尔康问。

"皇上不迁怒，总有人会迁怒！还是小心点比较好！何况，我看那还珠格格长得如花似玉，一天到晚眉开眼笑，逗得皇上高高兴兴，如果真砍了头，也有点于心不忍啊！"

福伦此话一出，尔泰就忙不迭地点头。

"是啊！皇上每次看到还珠格格就笑，如果发现她是假的，说不定会恼羞成怒呢！我看，咱们先不要说，我找一个机会，把五阿哥带到家里来，让他见见紫薇，再跟他研究一下，好不好？"福伦慎重地点了点头。

"尔泰说得不错，别忘了，皇上有错也是没错！皇上喜欢的人，不是格格也贵为格格！我并不是要将错就错，把真相遮盖下去，而是要摸清很多状况，不求有功，但求无过！你们这些天，到宫里多走动走动，先探探风声。或者，私下里，跟还珠格格谈一谈，问她认不认识夏紫薇，看她怎么说？"

"是！"尔泰应着。

福伦严肃地扫了尔康一眼。

"家里住着一个夏紫薇，这是福家的大秘密！她是福是祸，咱们目前都不知道，得骑驴看唱本，走着瞧！所以，我要求你们，把你们的嘴，都闭紧一点，知道吗？"尔康虽然觉得，这样对紫薇有点过意不去，可是，他是聪明的，有思想和判断力，他知道，福伦所有的顾虑，都是真情。这件事，只要一个弄得不巧，就是全家的灾难。伴君如伴虎，难啊！当下，也就心服口服地答应了福伦：

"是！我们见机行事，绝不轻举妄动。"

但是，总得有一个人，把这个暂时"按兵不动"的结论告诉紫薇。尔康想着，叹了一口长气。

夜，宁静而安详。紫薇正坐在桌前，抚着琴，轻声地唱着一首歌：

"山也迢迢，水也迢迢，山水迢迢路遥遥。

"盼过昨宵，又盼今朝，盼来盼去魂也销！

"梦也渺渺，人也渺渺，天若有情天也老！

"歌不成歌，调不成调，风雨潇潇愁多少？"

紫薇的歌声，绵绵逸逸，婉转动听。

有人敲门，金琐把门一开，尔康正托着一个药碗，站在门外。

"好美的琴，好美的歌！"尔康笑吟吟地看着紫薇，由衷地赞叹着。

紫薇的脸一红，慌忙让进尔康。

"让福公子见笑了！我看到墙上挂着这把琴，一时无聊，就弹来解闷！"看到尔康手里的药碗，就有些失措起来，"你亲自给我送药来？这怎么敢当？"

"如果不敢当，就趁热喝了吧！"

金琐急忙接过药碗，帮紫薇吹冷。

"身上的伤，还疼不疼？"尔康凝视紫薇。

紫薇在这样的温存下，有些心慌意乱。

"好多了！谢谢。"

"不要谢！想到那天让你受伤，我懊恼得要死。你还左一个谢，右一个谢！"尔康正视着紫薇，把话题一下子切入了主题，"我已经和柳青、柳红都谈过了！也去过了你们住的大杂院！"

紫薇震动着，凝神看着尔康。

"那么，你的结论是什么？"

"请先吃药，我再说。"

紫薇心急，端起药碗，咕嘟咕嘟地喝了。喝完，放下药碗，睁着一对明亮的眼睛，询问地看着尔康。

"你已经说服了我，我相信你的故事！正像你说的，见过了柳青、柳红，就真相大白了！可是，现在的状况非常复杂，你已经没有信物，只有一个故事，如果小燕子咬定她是真格格，你反而是个冒牌货！如果皇上不相信你，你就有杀身之祸！"

"如果皇上不能相信我，你为什么会相信我？"

"我的相信里，还有一大部分是我的直觉！"尔康坦率地看紫薇，"你的本人，就是最大的说服力量！"

紫薇微微一震，心里很着急。

"你的意思是说，我的故事，以及人证物证都不见得有用！"

"对！柳青、柳红和大杂院里那些人，可能都是和你串通好的！你们看到小燕子轻轻松松就当了格格，大家眼红，就编出来这样一个故事！"在一边的金琐，听到这儿，就气急败坏地喊了起来：

"岂有此理！福大少爷，你要为我们小姐申冤呀！"

"金琐别急，这只是我在举例！但是，事实上可能性很大，皇上毕竟是皇上，我阿玛有一句话说得最中肯，皇上就算'错了'，也是'没错'！他已经'先入为主'，认定了小燕子，现在又跑出来一个夏紫薇，他一定想，他认了一个还珠格格，现在，阿猫阿狗都想当格格了！所以，我们不敢贸然让你出面，除非我有把握，能够保护你的安全，能够让皇上完全接受这个故事！"

紫薇听得心都冷了，脸色灰败。

"那么，我是百口莫辩了？"

"那倒也不尽然！我和全家都研究过了，现在，只有请你少安毋躁，在我们府里委屈一段时间，这段时间里，我们会去宫里，试着接触小燕子，现在，关键还是在小燕子身上，解铃还须系铃人！"

紫薇两眼发直，脚一软，乏力地倒进一张椅子里。

"她已经当了格格了，这个铃，她早就打了死结，现在还会去解铃吗？"

尔康深思，慢慢地说了一句：

"那也说不定！"

紫薇一怔，想着小燕子，侠义的小燕子，热情的小燕子，爱打抱不平的小燕子，心无城府的小燕子，和她结拜的小燕子……小燕子啊小燕子，她心里苦涩地喊着，你到底是怎么回事呢？

小燕子在宫里好难过。

祭天已经祭过了，风光也已经风光过了。她这两天，眼皮跳，心跳，半夜做梦，都会喊着紫薇的名字醒过来。她要出宫去，她要去大杂院，她要找紫薇！

她要对紫薇忏悔，把整个故事告诉她！想办法把这个"格格"还给紫薇。

可是，她怎么样都没想到，那重重宫门，进来不容易，出去更不容易！

带着小邓子、小卓子，她也尝试大大方方出去，才走到宫门前面，就被侍卫拦住。小燕子一掀眉，一瞪眼：

"我是还珠格格呀！"

侍卫一齐弯身行礼，齐声喊着：

"奴才参见还珠格格！"

小燕子一挥帕子：

"不要行礼，不要参见，只要让开几步，我要出去走走。"

"皇上有旨，要还珠格格留在宫里，暂时不能出宫。"

小燕子一急：

"皇阿玛说，'祭天'之后，就可以出宫了！你们让开吧。"

侍卫毕恭毕敬地站立着，像一根根铁杵，丝毫不动，大声应道：

"奴才没接到圣旨，不敢做主！"

小燕子还待争辩，小邓子和小卓子上前。

"格格就回去吧！奴才说了，格格还不信！上次容嬷嬷特别把咱们两个叫进去，说要咱们好好侍候格格，不能让格格出宫！"

小燕子出不了宫，生气了。

“容嬷嬷是个什么东西？”

小邓子慌忙四看，赔笑地警告道：

“容嬷嬷可是皇后跟前的红人，就是格格，也得听她的！”

“笑话！我小燕子从来就没听过谁的！”

小燕子噘着嘴，气呼呼地一甩袖子，回头就走。

小邓子、小卓子慌忙跟随。

小燕子走到另一道宫门前，又被侍卫挡住了。

“你们看清楚，我是还珠格格呀！”她气冲冲地喊，“我不是你们的犯人啊！你们不认得我吗？”

侍卫们全部弯下腰去，齐声大喊，行礼如仪：

“格格吉祥！”

小燕子气得一跺脚，差点把“花盆底”跺碎。

“你们不让我出去，我还吉祥个鬼！我就‘不吉祥’啦！”

当天夜里，小燕子梦到紫薇。她腾云驾雾般走向小燕子，眼中带笑，嘴角含愁。

“小燕子，你好不好？”她温柔地问。

“我……好……不好……好……”小燕子挣扎地、碍口地答。

“你偷了我的折扇，你偷了我的画卷，你偷了我的爹，你很得意啊？”

“不是的……不是这样的……你听我解释……”

紫薇蓦然间扑向小燕子，伸手去掐她的脖子，尖声大叫：

"你这个骗子！把我的爹还给我！还给我……我掐死你！"

小燕子大骇，张口狂叫：

"紫薇！你听我解释……紫薇……不要这样，我们是姐妹呀……救命呀……"小燕子一惊而醒。明月、彩霞睡在炕下，都被她的尖叫惊醒过来。

明月、彩霞跳起身子，双双扶住她，不断拍着、喊着：

"格格！没事没事！你又做梦了！"

小燕子怔忡地眨着眼睛，四面观望。

"我在哪里？"她迷迷糊糊地问。

"回格格，当然在宫里了。"

"宫里……我好想大杂院啊！"她出神地说。

明月、彩霞不知道她在说什么，不敢回话。

小燕子推开明月、彩霞，赤脚跳下床来。

明月、彩霞慌忙给她披衣服，穿鞋子。

"不用！不用！不要管我！"小燕子推开她们两个，在房间里走来走去，看来看去，"现在几更了？"

"回格格，刚打过二更。"

小燕子转动眼珠，满房间东张西望，忽然拍了拍手，喊：

“小卓子，小邓子！快来！快来！”

小卓子和小邓子一面应着“喳”，一面屁滚尿流般弯腰冲进房，兀自睡意蒙眬。

“奴才在！”

“你们以后，在我面前，不要自称‘奴才’！”

“喳！奴才知道了。”小邓子大声答道。

“奴才遵命！”小卓子喊得更响……

明月掩口一笑。

小燕子瞪了明月一眼，没好气地问：

“笑什么笑？”

明月“扑通”一跪。

“奴婢该死！”

小燕子大为生气，拼命跺脚。

“什么奴婢该死？为什么该死？以后，都不可以说‘奴才该死！奴婢该死！’谁都不是‘奴才奴婢’，听到没有？”

四人便异口同声地回答：

“奴才、奴婢听到了！”

小燕子无可奈何，叹了一口大气，放弃这个题目了。

“小卓子、小邓子！你们把那个帐子上的铜钩给我拆下来。”

“帐子上的铜钩？”

“对对对！两个不够，再给我多找几个来！还有，把你们的衣裳给我一件，再去给我找一些绳子来！粗的细的都要，越牢越好！”

“现在就要吗？”

“现在就要！快去！快去！”

小邓子和小卓子急忙大声应道：

“喳！”

快四更的时候，小燕子穿着一身太监的衣服，用一条灰色的帕子蒙住脸，只露出一对亮晶晶的眼睛，轻轻悄悄地来到西边的宫墙下，这儿是宫里最荒凉的地方。

她蛰伏着，隐藏在黑暗的角落，四面张望。

几个侍卫，巡视之后，走了开去。

小燕子又等了一会儿，见四下无人，便站起身子，走到墙边，仰头看着宫墙。

她试着跳了几跳，根本上不了墙，心里不禁嘀咕：

“每天吃啊吃！吃得这么胖，弄得我轻功都不灵了！墙又那么高！幸好我有准备！”

她就从怀里，掏出一条用帐钩做的工具来。她甩着帐钩，对着墙头抛了好几下，钩子终于抓住了墙头。

她立刻顺着绳子，往上攀爬。她爬了一半，忽然看到一队灯笼快速移近。

“不好！侍卫来了！快爬！”她心里叫着，慌忙手脚并用，往上攀爬。谁知帐钩绑的飞爪不牢，“咔嗒”一声，有个钩子松开了。

侍卫们立刻站住，四面巡视，大声问：

"什么声音？有刺客！什么人？出来！"

灯笼四面八方照，小燕子大惊。

侍卫们尚未发现吊在半空的小燕子，谁知，那帐钩一阵"咔嗒咔嗒"，全部松掉，小燕子便从空中直落下来，正好掉在侍卫的脚下。

"刺客！刺客！"侍卫们哄然大叫。

刹那间，十几支长剑"唰"地出鞘，全部指着小燕子。

小燕子魂飞魄散，大叫道：

"各位好汉，手下留情！"

"是个女人？"一个侍卫用剑"呼"地挑开了小燕子脸上的帕子。

侍卫们的长剑顿时"哐啷哐啷"全部落地。大家惊喊出声：

"还珠格格！"

第
七
章

天亮没多久，乾隆就被侍卫和小燕子惊动了。

乾隆带着睡意，揉着眼睛，无法置信地看着那穿着太监衣服的小燕子。衣服太大，完全不合身，太长的袖子，在袖口打个结，袖子里面鼓鼓的。太宽的衣服，只得用腰带在腰上重重扎紧，扎得乱七八糟，拖泥带水。脸上东一块脏，西一块脏，狼狈万分。哪儿像个格格，简直像个小乞丐。却挺立在那儿，一副天不怕地不怕的样子。乾隆惊愕得一塌糊涂。

"什么事，一清早就把朕吵醒？你怎么又变成女刺客了？你简直乐此不疲啊！这是一身什么打扮？你到底是怎么回事？"拿起侍卫交上来的那些帐钩绳子，看得一头雾水，"这一堆又是什么东西？"

小燕子嘟着嘴，气呼呼地答道：

"这是'飞爪百练索'！"

"啊？'飞爪百练索'？这还有名字呀？"乾隆更加惊异。

"当然不是正式的啦！我临时做的嘛！小卓子小邓子气死我了，跟他们说那些绳子不够牢、太细了，他们就是找不到粗的！害我摔下来……"

站在一边的令妃，忍不住插嘴问：

"你从哪里摔下来？"

"墙上啊！摔得浑身都痛！还差点给那些侍卫杀了！"

乾隆一脸的不可思议。

"你半夜三更去翻墙？还带了工具去？你要做什么？"

小燕子委屈起来。

"我跟皇阿玛说过了，我要到宫外去走走！可是，大家都看着我，每一道门都守了一大堆的侍卫，我就是出不去！这皇宫是很好玩，可是，我想我的朋友了，我想紫薇，柳青，柳红，小豆子……我真的不能忍耐了！"

乾隆瞪着小燕子，有些生气了：

"胡闹！太胡闹了！你现在已经封了'格格'，不是江湖上的小混混呀！你娘怎么教你的？你打哪儿学来这些下三烂的玩意？"看钩子绳子，"哼！飞爪百练索！"

令妃见乾隆生气，急得不得了，对小燕子拼命使眼色。奈何小燕子也越来越生气，越来越委屈，根本不去注意令妃的眼光。

　　"朕记得你娘，是个温柔得像水一样的女子，怎会教你一些江湖门道？你这些三脚猫的武功，是哪个师傅教的？"乾隆的声音，严厉起来。

　　小燕子听乾隆又问到"娘"，难免有些心虚，想想，却代紫薇生起气来。没有进宫，还不知道乾隆有多少个"老婆"，进了宫，才知道三宫六院是什么！

　　小燕子背脊一挺，完全不知天高地厚，竟然对乾隆一阵抢白：

　　"你不要提我娘了，你几时记得我娘？她像水还是像火，你早忘得干干净净了！你宫里有这个妃，那个妃，这个嫔，那个嫔，这个贵人，那个贵人……我娘算什么？如果你心里有她，你会一走就这么多年，把她冰在大明湖，让她守活寡一直守到死吗？"

　　乾隆这一生，什么时候受过这样的顶撞，顿时脸色发青，一拍桌子，大怒道：

　　"放肆！"

　　乾隆这一拍桌子，房里侍立的蜡梅、冬雪和太监们，全部"扑通扑通"跪落于地，只有小燕子仍然挺立。

　　令妃急忙奔过来，推着她说：

　　"快给你皇阿玛跪下！说你错了！"

　　小燕子脑袋一昂，豁出去了。

　　"错什么错？反正谁生气都要砍我的脑袋！自从我进宫以来，我就知道我的脑袋瓜子在脖子上摇摇晃晃，迟早会掉下来!"说着,一个激动,就大声地冲口而出,"皇阿玛!我跟你说实话吧!我根本不是'格格',你就放了我吧!"

此话一出,人人震惊。令妃吓得花容失色,心惊胆战,脱口就喊:"格格!你怎么可以说这种话?跟你皇阿玛斗气要有个分寸,毕竟不在民间,你的'阿玛'是皇上啊!"

谁知,小燕子答得飞快,想也不想地说:

"我的阿玛不是皇上,我的阿玛根本不知道是谁!"

乾隆瞪着小燕子,见小燕子一脸的倔强、满眼的怒气、一股"绝不妥协"的模样,那份傲气和勇敢,竟是自己诸多儿女中,一个也不曾有的。想想,这孩子的指责,确有她的道理啊!他瞪着瞪着,不禁内疚起来。他叹口气,再开口时,声音竟无比地柔和:

"小燕子,朕知道是朕对不起你娘,其实,朕在几年后,又去过济南,想去接你娘的!但是,那次碰上孝贤皇后去世,什么心情都没有了!那种风月之事,也不能办了!朕知道你心里,一直憋着这口气,今天说了出来,就算脾气发过了!'不是格格'这种怄气的话,以后不许再说!朕都明白了,你娘……她怪了朕一辈子,恨了朕一辈子吧!"

小燕子目瞪口呆,无言以答了,睁大眼睛,愣愣地看着乾隆。

乾隆误会这样的眼光，是一种"默认"，心中立即充满了柔软、酸楚和难过。

"老实告诉你吧，朕的众多儿女中，没有一个像你这样大胆，敢公然顶撞朕！今天看在你娘面子上，朕不跟你计较了！"便柔声地喊，"你过来！"

小燕子没有上前，反而本能地一退。

"真的跟阿玛怄气吗？"乾隆的声音更加温柔了，几乎带着歉意。

令妃见乾隆竟如此赔小心，简直见所未见，就把小燕子拉上前去，笑着打哈哈：

"皇上，您瞧格格这张脸，跟小花猫似的！闹了一夜，又翻墙，又摔跤，还差点被侍卫杀了……在这儿等您起床，又等了好半天，难怪脾气坏，吓着了，又太累了嘛！"

乾隆伸手，托起了小燕子的下巴，仔细地凝视她，深深一叹。

"你这个坏脾气，简直跟朕年轻的时候，一模一样！"

小燕子睁大了眼睛，注视乾隆，本来以为，被乾隆逮到，一定会受到重罚，没料到乾隆居然这么温柔！她忽然热情奔放，张开嘴，"哇"的一声哭了。

"怎么了？怎么了？"乾隆大惊。小燕子一伸手，攥住乾隆的衣服，这一下，真情流露，呜呜咽咽：

"我从来不知道，有爹的感觉这么好！皇阿玛，我好害怕，你这样待我，我真的会舍不得离开你呀！"

乾隆的心，被小燕子这种奔放的热情，感动得热烘烘的，前所未有的一种天伦之爱，竟把他紧紧地攫住了。

乾隆就把小燕子温柔地拥在怀中，眼眶湿润地说：

"傻孩子，从今以后，你是朕心爱的还珠格格，朕也舍不得让你离开呀！"

小燕子听了这样的话，又喜又忧又感动，简直不知道该怎么办了。

片刻，乾隆拍了拍小燕子的头，说：

"以后想到宫外去，就大大方方地去！不要再翻墙了！咱们满人生性豪放，女子和男人一样可以骑马射箭！你想出宫，也不难！只是，换个男装，带着你的小卓子小邓子一起去！不能招摇，还要顾虑安全！"

小燕子一听，大喜，推开乾隆，一跪落地，"砰砰砰"磕了好几个响头。

"谢谢皇阿玛！谢谢皇阿玛！""不过，有个条件！"乾隆笑了。

"什么条件？"

"过两天，去书房跟阿哥们一起念书！我已经告诉纪晓岚，要他特别教教你！纪师傅学问好得很，你好好地学！你娘没教你诗词歌赋，咱们把它补起来！纪师傅说你学得不错，你才可以出宫！"

小燕子脸色一僵，心又落进谷底去了。

“啊？还要念书啊！”她心里叫苦不迭。当个格格，怎么这样麻烦！

小燕子走出乾隆的寝宫，仍然穿着她那身太监的衣服，嘴里念念有词，一路往漱芳斋走：“念好了书，才许我出宫，根本就是糊弄我嘛！小时候在尼姑庵，师父教我念个三字经，已经要了我的命，现在再念，搞不好弄个一年两年，都念不好，那岂不是一年两年都出不去了？这要怎么办才好……”

迎面，尔泰和永琪走了过来。

永琪看到来了一个小太监，就招手道：

“你给我们沏一壶茶来，放在那边亭子里！我和福二爷要谈一谈！”

小燕子见是他们两个，心中一乐，什么都忘掉了，就想跟他们开个玩笑，用手遮着脸，学着小太监，一甩袖子，哈腰行礼。

“喳！”

小燕子这一甩袖子，甩得太用力了，袖口的结都散开了，几个藏在袖子里、准备带给紫薇的银锭子，就骨碌骨碌地从袖子里滚了出来，滚了一地。另一个袖子里的一串珍珠和金项链，也稀里哗啦落地。小燕子急忙趴在地上捡珍珠项链和银锭子。

永琪大惊，喊道：

“呔！你是哪一个屋里的小贼！身上藏着这么多的银

子和珠宝，一大清早要上哪里去？"

永琪说着，就飞蹿上前，伸手去抓小燕子的衣领。

小燕子回手，就一掌对永琪劈了过去。

永琪更惊，立刻招架，反手也对她打去。

小燕子灵活地翻身飞跃出去，永琪也灵活地跃出，紧追不舍。

尔泰一看，不得了，宫里居然有内贼，还敢和五阿哥动手！就腾身而起，几个飞蹿，稳稳地拦在小燕子面前。

"小贼！看你还往哪里跑？"

小燕子抬头，和尔泰打了一个照面，眼光一接，尔泰吓了一跳。怎么是小燕子？尔泰还没反应过来，小燕子乘他闪神之际，一脚飞踢他的面门。

尔泰急忙应变，伸手去抓她的脚。

她刚刚闪过尔泰，永琪已迎面打来。她想闪开永琪，奈何永琪功夫太好了，避之不及，就被永琪拎着衣服，整个提了起来。她还来不及出声，永琪举起她，就想往石头上面掼去。

这一下，小燕子吓得魂飞魄散，尔泰已经大喊出："五阿哥！千万不可！那是还珠格格啊！"

小燕子也在空中挣扎着，挥舞着手，大喊大叫："五阿哥！我认输了！不打了！不打了！"

永琪大惊失色，急忙松手。

小燕子翻身落地，站稳了，对永琪嫣然一笑，一揖到地。

"五阿哥好身手！上次被你射了一箭，我心里一直不大服气，因为我当时东藏西躲的，完全没有防备！所以，刚刚就想跟你斗斗看！没想到，差点又被你砸死，现在服气了，以后不敢惹你了！"

永琪目瞪口呆，瞪着小燕子，惊愕得连话都说不出来了。

这样一闹，就惊动了侍卫，大家奔来，七嘴八舌地喊：

"怎么？出了什么事？又有刺客吗？"

尔泰大笑，对侍卫们挥手：

"去去去！没事了！是还珠格格跟咱们闹着玩！"

侍卫们惊奇着，一面行礼，一面议论纷纷地散了。

永琪目不转睛地看着小燕子。

"你到底要给我多少意外，多少惊奇呢？这样的'格格'，是我一生都没有见过的！"他上上下下地打量小燕子，"你为什么穿成这样？带着那些银子和珠宝要干什么？"

尔泰心中藏着"真假格格"的秘密，更是深深地注视着小燕子，问：

"侍卫说，你昨天晚上，又闹了一次刺客的把戏，真的吗？"

小燕子看着两人，心中一动，压低了声音说：

"你们帮我好不好？我有事要求你们！"

"什么事？"

"我们到漱芳斋去谈！"

永琪和尔泰交换了一个视线，一语不发，就跟着小燕子到了漱芳斋。

小邓子、小卓子、明月、彩霞慌忙迎过来，四个人都是哈欠连天、不曾睡觉的样子，见到永琪和尔泰，连忙行礼下跪喊"吉祥"，小燕子对这一套好厌烦，挥手对四人说：

"你们四个，通通去睡觉！"

四人异口同声地回答：

"奴才不敢睡！"

小燕子听了就生气，大叫：

"掌嘴！"

四人就立刻左右开弓，对自己脸上打去。小燕子大惊，怎么真打？又急喊：

"不许掌嘴！"

四人这才住手。

小燕子瞪着四个人，严肃地说：

"跟你们说过多少次了，这'奴才不敢，奴婢不敢，奴才该死，奴婢该死'在我这个漱芳斋，全是忌讳，不许说的！以后谁再说，就从月俸里扣钱！说一句，扣一钱银子，说多了，你们就白干活了，什么钱都拿不到！”

四人傻眼了。小邓子就一哈腰说：

“奴才遵命！”“记下！记下！小邓子第一个犯规，小卓子，你帮我记下！”小卓子立即回答：

“喳！奴……”想了起来，赶快转口说，“小的遵命。”

小燕子摇头，没辙了，挥手说：

“都下去吧！我没叫，就别进来。”

“喳！”四个人全部退下了。

永琪和尔泰看得一愣一愣的。永琪不解地问：

“为什么他们不能说‘奴才’？”

小燕子不以为然地对永琪瞪大眼睛，嚷着说：

“你当‘主子’已经当惯了，以为‘奴才’生来就是奴才，你不知道，他们也是爹娘生的、爹娘养的，也是爹娘捧在掌心里长大的，只因为家里穷，没办法，才被送来侍候人，够可怜了！还要让他们嘴里，不停地说‘奴才这个，奴才那个’，简直太欺负人！我不是生来的格格，我不要这些规矩！他们说一句‘奴才’，我就难过一次，我才不要让自己一天到晚，活在难过里！”

永琪和尔泰，都听得出神了。两人都盯着小燕子看，永琪震惊于小燕子的“平等”论，不能不对小燕子另眼相看。这种论调，是他这个“阿哥”从来没有听过的，觉得新鲜极了，小燕子说得那么“感性”那么“人性”，使他心里有种崭新的感动。尔泰知道她不是真格格，对她的"冒充"行为，几乎已经"定罪"。这时，看到的竟是一个热情、天真、连"奴才"都会爱护的格格，就觉得深深的迷惑了。

"你说得有理！我们这种身份，让我们生来就有优越感，以至于从来没有考虑过别人的感觉，确实，这对他们，是一种伤害吧！"永琪说。

小燕子的正义感发作了，越说越气：

"尤其是太监们，先伤害他们的身体，再伤害他们的……他们的……"想不出来应该怎么措辞。

尔泰说：

"再伤害他们的'尊严'？"

"对！就是'尊严'什么的！反正，把他们都弄糊涂了，连自己是个和我们一样的人，都不明白了。怎么跟他们说，他们都搞不清楚！"小燕子叹口气，脸色一正，看着二人，"言归正传，你们要不要帮我？"

"帮你做什么？"尔泰问。

小燕子才诚诚恳恳地看着永琪和尔泰，哀求地说："带我出宫去！我化装成你们的跟班也好，小厮也好，小太监也好……你们把我带出去，因为皇阿玛不许我出去！"

永琪一愣，面有难色，看尔泰：

"这个……好像不太好……"

尔泰盯着小燕子：

"你要出去干什么呢？如果你缺什么，告诉我，我帮你去办！要做什么，我也可以帮你去做！要送个信什么的，我帮你去送！"

小燕子心里急得不得了，满屋子兜着圈子，跺脚说：

"你们不懂，我一定要出去呀！我有一个结拜姐妹，名叫紫薇，我想她嘛！不知道她好不好？我急都急死了，我要去见她呀！我要给她送银子首饰去，还有一大堆的话要告诉她呀！"

尔泰大大一震。紫薇！结拜姐妹！原来，她的心里，还是有这个夏紫薇的！

当天，尔泰就把小燕子的话，原封不动地告诉了紫薇和尔康。

"她说她想我？有一大堆话要告诉我？"紫薇激动地喊。

"是！而且为了要出宫，昨天夜里去翻围墙，差点又被当成刺客杀掉了！连皇上都给惊动了！"

"你有没有告诉他，夏姑娘在我们家呢？"尔康急急问尔泰。

"我当然没说，没跟你们商量好，我怎么敢泄露天机呢？不过，随我怎么看，随我怎么研究，我都没办法相信，还珠格格是个骗子，是个很有心机的人！她看来天真得不得了！"

金琐忍不住插口了：

"两位少爷不知道，她骗人的功夫老到家了，当初我们也着了她的道儿，她在北京好多地方，都设过骗局，反正骗死人不偿命！”

“金琐！你别插嘴！”紫薇回头叱责着。

金琐不说话了。尔康凝视紫薇，沉思着问：

“你要不要见她一面呢？”

“见得到吗？怎么见呢？”紫薇屏息问。

“有两个办法。一个是，你混进宫去！一个是，她混出宫来！”

“可能吗？”紫薇眼睛一亮。

“只要安排得好，当然可能！额娘随时可以进宫，我们把你扮成丫头，跟额娘一起进宫，到了宫里，必须靠五阿哥里应外合……”尔康转眼看尔泰，“恐怕我们瞒不了五阿哥！你得把这件事告诉他。”

“这办法好像有点冒险！宫里的人太多了，眼线太多了！还珠格格出了不少的事，现在宫里对她都很注意……尤其皇后，等着要抓她的小辫子！我和五阿哥，今天在她那儿坐了坐，我们都怕会被人一状告到皇后面前，说她行为不检呢。”

“我们用第二个办法！照她所要求的，把她打扮成小太监，带出宫来吧！这也需要五阿哥帮忙才行。带出来之后，还得送回去！”尔康积极地说。

“我们信得过五阿哥，他一定不会泄露机密的！”

“夏姑娘……”尔康再度凝视紫薇。

“能不能请你们不要叫我‘夏姑娘’，如果不见外，就叫我紫薇吧！”

“行！那么，你也不要公子少爷地喊，叫我尔康，叫他尔泰吧。”

“好，”紫薇注视尔康，“你刚刚要说什么？”

“你要心里有个谱！不管小燕子是怎么做到的，她确实做到了！她已经让皇上心服口服，认了她，还非常宠爱她！昨夜她在皇宫里翻墙，皇上都不肯追究，你就知道她的能耐了！可是，如果皇上发现她是假格格，以皇家律例，她是死罪一条！你，真想置她于死地吗？”

紫薇心里一酸，寻思片刻，坦白而真诚地说：

“小燕子和我是结拜过的，她是我的姐姐！在结拜的时候，我就诚心诚意地向皇天后土禀告过，将来无论我们两个的遭遇如何，我一定对她‘不离不弃’！现在，她顶替了我的地位，当了格格，我虽然懊恼生气，可是，她还是我的姐姐！如果，为了要证明我自己的身份，而把她置于死地，我是绝对绝对不愿意的！我现在想见她一面，主要是想弄清楚，这到底是怎么一回事？这个疙瘩卡在我心里，我是坐立不安，只要她给我一个解释，让我了解真相，我就回济南去，当一辈子的夏紫薇！”

这一番话，使尔康深深地感动了，他一眨也不眨地看着紫薇，一叹：

“那……你也不必回济南，人生的际遇，有时是很奇怪的。老天或者有它的安排，也说不定！"

紫薇一怔，凝视尔康，尔康的炯炯双眸，也正灼灼然地看着她。两人目光相接，都有着深深的震动。

"那么，让我和阿玛再研究一下，和尔泰再部署一下，你相信我，我一定尽快安排你和小燕子见面！"尔康说。

紫薇感激不已，期待得心跳都加速了。

"我先谢谢你了！"

于是，这天下午，永琪和尔泰结伴来到漱芳斋，两人的神色都非常严肃，一进门，永琪就把自己贴身的太监小顺子、小桂子都安排在院子外面。又极其慎重地叫来小邓子、小卓子、明月、彩霞，让他们全体分站在门外把风。两人这才走进大厅，把窗窗门门一一关好。小燕子困惑地看着他们，等到尔泰一说出紫薇的下落，她才惊叫起来，激动无比地喊：

"你说，紫薇住在你家里？我所有的故事你都知道了，你唬我吧？真的还是假的？"她转头看永琪，"五阿哥！你也知道了？"

永琪急忙制止她：

"你声音小一点！这是何等大事，你还在这里嚷嚷！你真的不要命了吗？是的，我也知道了！尔泰把什么都告诉我了，现在这儿没有外人，我和尔泰要你一句真话，你坦白告诉我，你到底是不是格格？"

小燕子狐疑地看永琪和尔泰，不敢说话。

"你可以完全信任我们，如果我要跟你作对，我就不会来问你了！直接把紫薇送到皇上面前去就好了！"尔泰着急地说。

小燕子听到紫薇的名字，一颗心就全悬在紫薇身上了，急切地问：

"紫薇好吗？她骂我吗？恨我吗？"

"她怎么会好？那天在街上看着你游行，她追在后面喊，被侍卫打得半死，幸好我哥把她救进府里，进了府到现在，每天都精神恍惚、眼泪汪汪的！"尔泰说。

小燕子眼圈一红，咬着嘴唇，忍住眼泪。

"那……她一定恨死我了！"

"她说，只想见你一面，听你亲自告诉她，为什么会变成现在这样。她还说，就算你骗了她，你还是她结拜的姐姐！"

小燕子这一下把持不住了，顿时间，眼泪稀里哗啦地滚滚而下。

"我不是存心的！我不是存心的……"她哭着说。

永琪不相信地瞪着她：

"难道她的故事是真的？你不是格格，她才是？"

小燕子眼泪汪汪，拼命点头。

永琪、尔泰都睁大了眼睛。

"我真的不是故意的！"小燕子急急解释，"当时我被一箭射伤，病得昏昏沉沉，皇阿玛看了我身上的东西，不知怎么就认定我是格格了。等我醒来，皇阿玛对我好温柔，问这个，问那个，我就有些迷迷糊糊起来……然后，一屋子的人过来跟我跪下，大喊'格格千岁千千岁！'我就昏了头了！"

永琪脚下一个踉跄，脸色苍白。

"天啊！你怎么能昏头呢？这是要诛九族的欺君大罪啊！"

"我没有九族，我只有一个人，一个脑袋……"

永琪跺脚。

"这个脑袋已经快保不住了！"便心慌意乱地看尔泰，"你说要怎么办？这事是绝对不能说穿的！"

永琪脸色那么苍白，尔泰的脸色就也苍白起来。

"或者，我们可以说服紫薇，让她放弃身份，将错就错，回济南去……"

"她会肯吗？她不是路远迢迢到京里来，就为了找皇阿玛吗？"永琪瞪着小燕子，"这样吧！我们掩护你溜出宫去，出了宫，就不要回来了！我给你安排几个高手，保护着你，你连夜逃走吧！"

"你别糊涂了！"尔泰着急地说，"这是什么烂主意？那怎么成！宫里手了一个格格，多少人要倒霉！你和我，也脱不了干系！"

小燕子见永琪和尔泰神色紧张仓皇，这才知道事态严重。

“难道……皇阿玛真的会砍我的头？”她不由自主地放低了声音，不相信地问。

尔泰和永琪不约而同地、郑重地点头。

“皇阿玛对我这么好，他怎么舍得杀我？”她还是不信。“他对你好，是因为他相信了你的故事，以为你是他的骨肉！如果他知道你骗了他，他气你恨你都来不及，还会原谅你吗？”永琪说，“你对于我们王室的事，了解得也太少了！”

小燕子这才急了。

“那……我们还等什么？我这就去换衣裳，你们带着我，马上逃走吧。”小燕子说着，就往寝室里冲去。

尔泰急忙拉住她。

“你不要听风就是雨，尔泰说得对，这样做不行的，何况什么都没安排……”永琪话说到一半，外面忽然传来小顺子、小桂子、小卓子、小邓子……他们紧张而大声地通报，一进一进地喊进来。

“皇后娘娘驾到……皇后娘娘驾到……”

永琪、尔泰、小燕子全都倏然变色。

第八章

皇后昂首阔步，带着容嬷嬷疾行而来。一走进漱芳斋的院子，就觉得气氛诡异。小顺子、小桂子、小邓子、小卓子、明月、彩霞全都在房间外面，伸头探脑。一看到她们两个，喊得比什么都大声。皇后心里疑惑，脚下不停，才迈进大厅，就看到永琪跟尔泰，带着小燕子匆匆地迎了出来，纷纷请安：

"儿臣恭请皇额娘金安！"

"小燕子恭请皇后娘娘金安！"

"臣福尔泰叩见皇后娘娘！"

皇后看了三人一眼，眉头一皱，心中又是纳闷，又是怀疑。

"原来五阿哥和尔泰在这儿！"眼光扫视三人，语气尖锐，"你们三个，有什么秘密吗？为什么把奴才们都安排在门外？我是不是来得不太凑巧？"

永琪慌忙机警地答道：

"皇额娘多心了！今天书房下课比较早，就和尔泰到格格这儿坐坐，聊聊家常。格格对宫中规矩，至今不大习惯，不喜欢奴才们在面前侍候！"

皇后哼了一声，看向小燕子。

"这样吗？我看，我得想个法儿，让你对这宫中规矩，尽快地熟悉起来！"

皇后说着，就昂首向厅里走去。容嬷嬷等一行人紧随。

永琪见小燕子掀眉瞪眼，用手在脖子上一比画，表示"小心脑袋"。

皇后蓦然一回头，这个动作，就看得清清楚楚。

皇后心中有气，先藏住自己的种种怀疑，瞪着小燕子，严厉地问道：

"听说格格前晚又大闹皇宫了？还带着武器，想翻墙出去，是吗？"

小燕子一怔，嘟着嘴说：

"怎么一点点小事，也会弄得人人都知道呢？皇阿玛已经教训过了！以后不敢了就是嘛！"

皇后见小燕子既不认错，也不害怕，说得还挺大声，气不打一处来。

"你这是什么态度？一个'格格'，半夜去翻墙，还叫作'一点点小事'。那么对你而言，什么才是大事？"

小燕子对这个皇后，早就有气，立刻冲口而出地说：

"砍头就是大事啊！听说皇后娘娘很想砍我的头啊！"

皇后变色，勃然大怒，一拍桌子，怒声喊：

"你听谁说，我要砍你的头？是谁在我背后造这种谣言？你说！你说！"

一屋子的人全吓傻了，大气都不敢出。

尔泰和永琪交换视线，急死了。

"没有人告诉我，是我自己'听说'的！"

"你'听谁说'？马上招出来！"皇后大声命令。

"我不要说！说了你也不相信！就是听你说的！"

皇后怒极，简直无法控制了，厉声大喊：

"给我跪下！"

小燕子一怔，还来不及表示反抗，容嬷嬷上前，对她膝弯处很有经验地一踢，她一个站不住，就跪下了。

"掌嘴！"皇后再叫。

小燕子又惊又怒，就大喊出声：

"皇后！你别弄错了，我不是你的奴才，你要打要骂，都随你的便！我是皇阿玛封的格格，你要打狗，也要看主人是谁！"

皇后气得快发疯了，瞪大了眼，不敢相信地说：

"你居然搬出皇上来压制我！你这个不知天高地厚的野丫头！我今天就代皇上教训你！"便抬头喊，"容嬷嬷！"

"奴婢在！"容嬷嬷答得响亮。

"掌她的嘴！看她说不说！"

容嬷嬷就一步上前，对着小燕子，一耳光抽去。

尔泰和永琪双双大惊。永琪大叫：

"皇额娘，使不得！"

小燕子实在没有防备到容嬷嬷说打就打，在毫无准备下，猛地挨了容嬷嬷一耳光，立刻气得暴跳如雷。对容嬷嬷大喊了一声：

"你是哪一棵葱，居然敢打我？"

一面喊着，一面就握紧拳头，砰的一拳对容嬷嬷打去。容嬷嬷猝不及防，"咕咚"一声，栽倒在地上，抱着肚子直叫"哎哟"。小燕子乘此机会，一跃而起，向后飞蹿了好几步，竟飞身而起，爬在一根柱子上，对容嬷嬷喊：

"有种！你就上来抓我！你来呀！来呀！"

满屋子的人，个个又惊愕又意外，全部睁大了眼睛，仰头看着小燕子。

皇后这一下，气得快要昏倒了，回头大声喊：

"来人呀！去叫大内侍卫，通通过来！宫里要清理门户！"

太监们一迭连声地回答：

"喳！奴才遵命！"

永琪和尔泰，见闹得这样不可开交，迅速地交换了一个眼神。尔泰对永琪点点头，做了一个手势，两人之间，默契十足。尔泰留下帮小燕子，永琪溜到门边，一溜烟地去找乾隆了。

当乾隆带着令妃，气急败坏地赶来时，只见皇后怒气冲冲地站在室内，小燕子依然紧抱着柱子，高踞在柱子顶端，已经涨得脸红脖子粗，快要抱不住了。而一群大内高手，都在柱子下环伺，显然已经和小燕子僵持了一段时间。

一屋子的人，惊见乾隆赶到，全都匍匐于地，高声大喊：

"皇上吉祥！"

小燕子看见乾隆到了，如见救星，在柱子上面叫：

"皇阿玛！我没办法给您行大礼了，也没办法给您请安了……您快救救我，这儿有一大群人要杀我！"

乾隆见到这个局面，简直惊得目瞪口呆，生气地喊：

"这……成何体统？"抬头对小燕子喊，"你快下来！""你保证我不会丢脑袋，我才会下来！"

"丢什么脑袋？谁要你的脑袋了？朕保证没有人敢伤你……""还要保证我不受罚……"小燕子居然和乾隆讲起价来。

皇后气得发昏，一步上前，对乾隆说：

"皇上！您不能再纵容这个小燕子了，她礼貌没礼貌，规矩没规矩，水准没水准，教养学问更是谈不上！
连我的教训，她都公然顶撞，说话不三不四，还制造谣
言，我让容嬷嬷教训她一下，她居然出手打人……"

皇后的话还没说完，小燕子已经支持不住，大叫：

"皇阿玛！我快挂不住了……"

乾隆仰头，看着摇摇欲坠的小燕子，担心得不得了。

"挂不住，还不快下来！"回头急喊，"尔泰，永琪，
你们两个上去，把她给弄下来，可别让她摔了！"

永琪和尔泰，便高声答应：

"喳！"

两人双双飞身上去，一人抓着小燕子的一只胳臂，
三人像一只大鹏鸟一般地飞了下来，准确地落到乾隆面
前……

小燕子一下地，立刻跪在乾隆脚下，委屈地喊：

"皇阿玛，我在民间十八年，日子虽然过得苦，可从
来没有人打过我一下，今天进了宫，破题儿头一遭，被
人甩了一个耳刮子！这个格格当得好辛苦，宫里一大堆
人不服气，恨不得把我五马分尸！说我来历不明，名不
正，言不顺！皇阿玛，如果你真要保护我，让我回到民
间去算了！"

乾隆生气，怒扫了皇后一眼，问：

"是谁甩了她一个耳刮子？"

容嬷嬷"扑通"一跪。

“回万岁爷，是奴才！”

乾隆瞪着容嬷嬷，气冲冲地说：

“容嬷嬷！你是皇后面前的老嬷嬷，皇后任性的时候，心情不好的时候，你都得劝着一点，怎么不劝？朕就知道，平时推波助澜、唯恐天下不乱的人，就是你们！”

容嬷嬷一惊，立刻左右开弓，打着自己的耳光。

“奴才知罪……奴才该死……”

皇后气得脸色惨白，往前跨了一步。

“皇上！打还珠格格是臣妾的命令，容嬷嬷不过是执行而已，皇上这样，是在惩罚臣妾吗？”

乾隆瞪视着皇后，感慨万千地说：

“朕没有要任何人碰容嬷嬷一下，皇后也会心痛，你对容嬷嬷尚且如此，还不能宽容小燕子吗？”就说，“容嬷嬷！起来吧！”

容嬷嬷慌忙磕头，起身，灰头土脸地说：

“谢皇上恩典！谢皇上恩典！”

皇后气得咬牙切齿。

“如果朕不及时赶到，你预备把小燕子怎样？”乾隆看皇后。

“交给宗人府发落！”皇后傲然地挺着背脊。

“你会不会太过分了？她只是小孩脾气，毫无心眼！你贵为皇后，怎么跟一个孩子认真？她犯了什么罪，要送宗人府？”乾隆问。

"忤逆罪！"皇后冷冷地回答。

这时，令妃忍不住上前，对皇后说：

"皇后，您别生气了！格格粗枝大叶，不懂规矩。可是，心眼是好的，对人也挺热心的！进宫这些日子，人缘一直很好，几个小阿哥、小格格都很喜欢她，今天冲撞了您，大概是个误会。您大人不计小人过，别跟她计较了，让她给您赔个不是吧！"

"对对对！小燕子，你给皇后磕个头吧！"乾隆附和着说，不愿闹得皇后太下不了台。毕竟，她统摄三宫六院，一切宫中规矩，是她的权责。

小燕子看了看乾隆，乾隆悄悄地跟她使了个眼色。小燕子不愿忤逆乾隆，转身对皇后磕了一个头，嘴里还叽咕着说：

"反正磕一个头，又不会少一块肉！"

话"叽咕"得挺大声，皇后脸色铁青。小燕子不情不愿磕完头，站起身就走到乾隆身边去找寻"庇护"。皇后心里的不平，像烧旺的火，熊熊地冒着火苗。她回头面对乾隆和令妃，义正词严地说：

"皇上！臣妾有几句话，不能不说，忠言逆耳，如果会让皇上不高兴，我也顾不得了！这个还珠格格，既然已经被封为'格格'，一举一动，代表的是皇家风范，假若做出什么荒唐的事情，会伤害皇上的尊严！现在，她已经闯了一大堆的祸，闹了许多笑话，再加上她胆大妄为，没上没下！宫里人多口杂，对她的行为，已经传得乱七八糟！如果再不管教，只怕会变成宫里的大问题，民间的大笑话！所以，我认为今天她用这种态度对我，就算不送宗人府，也该惩罚惩罚，让后宫妃嫔格格们，做个警惕！"

皇后这几句话，正气凛然，合情合理，乾隆也不能不沉默了。

令妃听到还要惩罚，一急，忍不住又开了口："皇后！小燕子虽然行为鲁莽，但是，她毕竟不是宫里长大的，情有可原！再加上，她的率直和天真烂漫，正是皇上最珍惜的地方，如果一定要用礼教来拘束，岂不是把她的优点，全部抹杀了！咱们宫里，规规矩矩的格格，还不够多吗？"

令妃这几句话，可说到乾隆的心窝里去了，乾隆急忙点头称是。

"正是正是！令妃说的，就是朕想说的！这还珠格格，既然来自民间，让她保持一点'民风'不好吗？至于管教，朕也有这个意思，不过，别操之过急，把她给吓唬住了，慢慢来吧！"

皇后见令妃和乾隆一唱一和，气极，却不便发作，瞪了面有得色的小燕子一眼就对皇上请了一个安，说：

"皇上这么说，就这么办吧！臣妾先告退了！"

乾隆点点头，皇后便带着她的人，全体退出去。

皇后一走，小燕子笑开了，对乾隆和令妃心甘情愿地磕了一个头，大声地说：

"小燕子谢皇阿玛救命之恩！谢令妃娘娘袒护之恩！来生做牛做马，做猪做狗，再报答你们！"

乾隆又好气又好笑，弯腰拉起小燕子，凝视着她：

"你不要太得意了，皇后说的话，也有她的道理！她是国母呀，你怎么连她也顶撞呢？你这样没轻没重，到处树敌，还随时做些奇奇怪怪的事，朕要把你怎么办才好呢？"

小燕子冲口而出：

"您多疼我一点，少要求我一点，就好啦！"

乾隆瞪着她，笑了。

乾隆这样一笑，满屋子的人，全体跟着笑了。一场风波，就这样烟消云散。永琪看着小燕子，对于这个精灵古怪、花招百出的"假格格"，实在不能不甘拜下风，佩服得五体投地了。

当天，在学士府，永琪见到了他真正的妹妹，夏紫薇！

紫薇穿着旗装，雍容华贵，轻轻盈盈地走过来，抬起澄澈的大眼睛，对永琪深深一凝眸，屈膝行礼。

"夏紫薇见过五阿哥！"

永琪目不转睛，上上下下地打量了一下紫薇，心中暗暗喝彩。

"我的名字是永琪。你应该知道，我们这一辈，排行是'永'字辈。算年龄，我比你大了些，应该算是你的五哥！"

紫薇听到永琪这样说，眼眶一热，凝视着永琪，又感动，又感慨地说：

"你这一句'五哥'，虽然只有两个字，对于我，却有千斤重啊！我从济南到这儿，路上走了半年，在北京又折腾了好几个月……想尽办法，到处碰壁！你是我见到的第一个亲人！我没办法告诉你，我现在有多么激动，虽然我无缘得到皇上的承认，我依然对上苍充满感恩，因为你已经承认了我！"

永琪好感动。这个紫薇，和小燕子简直是两个世界里的人，小燕子没章没谱，大而化之；紫薇却纤细温柔，如诗如画。永琪诚挚地说：

"我真没想到，我在宫里，多了一个小燕子那样的妹妹，在宫外，还有一个像你这样的妹妹！我和尔泰，一路都在谈你和小燕子两个！"

"你相信我的故事吗？你不怕我是一个骗子吗？你不认为小燕子才是真的格格，而我是冒牌的吗？"紫薇问。

尔康对紫薇点头说：

"现在已经完全没有怀疑了，因为小燕子对五阿哥和尔泰两个，把什么都招了！"

紫薇大震，颤声地问：

"她招了？她承认了？"

"是！她承认了！她说，情非得已，当时，有很多状况，很多误会，才造成今天的局面！她哭了，说是对不起你！"尔泰说。

紫薇踉跄了一下，金琐急忙扶住。紫薇心中痛楚：

"这种大事，她用'对不起'三个字，就解决了吗？"

尔康走上前去，对紫薇诚恳地说道：

"我想，现在，我们的传话都没有意义，只有等到你和小燕子见了面，才能澄清种种问题！刚刚尔泰告诉我，小燕子在宫里发生很多事情，现在已经是危机重重，目前，能不能出宫还不知道。可是，我们一定会想办法安排！"回头看永琪，"是吗？五阿哥会帮我们的，对不对？"

永琪拼命点头。

"是！我一定想办法！小燕子也一直求我，让我带她出来见你！你知道吗？为了要见你，她半夜翻墙，差点又被侍卫当成刺客打死了！她还带了好多珠宝和银子，说是要送来给你用！"

"是吗？"紫薇又震动了。

"是！"永琪注视紫薇，眼神诚挚而深刻，一直看进紫薇的眼神深处去，"紫薇，我可不可以有一个要求呢？"

"五阿哥不要这么客气，你有什么吩咐，就直说吧！"

"请不要伤害小燕子！不管现在的事实是怎样，我

都相信小燕子情有可原！事关生死，你还是要三思而行
才好！"

　　紫薇震动地看着永琪，忽然在那张俊秀的脸庞上，
在那明亮发光的眼神中，看出了某种让人感动的深情。
他好喜欢小燕子啊！她模糊地想着。为了保护小燕子，
或者，他宁愿没有自己这个妹妹吧！小燕子，她就有这
种魔力，让身边的人，都不由自主地去喜欢她、去保护
她。一时之间，她不知道是该嫉妒小燕子，是该恨小燕
子，还是已经原谅小燕子，还是在继续喜欢小燕子？真
的，听了小燕子在宫中的种种，看到永琪和尔泰对小燕
子的忠诚，她的心已经软了。

　　恨小燕子？她居然没办法恨小燕子！她迷糊了，半
晌，都默然不语。

　　三天后，永琪和尔泰，带了一封厚厚的信，到学士
府来交给紫薇。

　　紫薇惊奇得睁大了眼睛，激动地喊：

　　"小燕子给我一封信？她写的信？她怎么会写信？"

　　"是啊！好厚的一封信，她再三叮嘱我，要我亲自交
给你！说她'写了'一个通宵才写出来的！"永琪说。

　　紫薇接过信来，尔康、尔泰、永琪、福伦、福晋、
金琐全都忍不住好奇地观望。尔康看着紫薇，问：

　　"你不是说，小燕子没念过什么书吗？

　　"是啊！当初教她写我的名字，教了好多天才会，一

直怪我的名字笔画太多了！所以，她写信给我，我才觉得好稀奇呀！"

大家伸头去看，只见信封上歪歪倒倒地写着"紫薇"二字。

紫薇裁开信封，急忙抽出一沓信笺。

紫薇一看，是好几幅画。

第一张画，画着一只小鸟儿，胸口插着一支箭，倒在地上，周围围着一些人。

第二张画，画着小鸟儿睡在床上，一个穿着龙袍的人含泪在拔箭。远处有一朵小花儿在流泪。

第三张画，画着小鸟儿靠在床上，瞪着骨碌滚圆的眼睛，一群人把格格头饰放在小鸟儿的头上，穿龙袍的人站在旁边微笑。

第四张画，画着一朵花，小鸟儿衔着格格头饰，正给花儿戴上。

紫薇看完四张画，早已热泪盈眶，把画交给尔康，她激动得一塌糊涂，嚷着说：

"我现在都明白了！我就知道小燕子不会欺骗我，我就知道一定有原因！她受伤了？你们没有一个人告诉我，她受伤了？你们怎么不说？她被箭射到了吗？伤得很严重吗？"

尔康等人，大家抢着看了看那些画，看得一知半解。永琪惊愕地问大家：

"你们没有告诉紫薇，小燕子是被抬着进宫的？"便抬头看紫薇，"是我一箭射中了她，当时，四个太医会诊，皇阿玛说，治不好小燕子，要太医'提头来见'。治了整整十天，才治活的！"

"为什么不告诉我？你们谁都没说过！"紫薇喊。

"我们以为你知道，我以为我哥告诉过你了！"尔泰惊讶地说。

"我以为尔泰说过了，居然我们谁都没说吗？"尔康也惊讶地问。

"这个经过慢慢再告诉你……"尔康摇了摇手里的信笺，"你都看懂了？"

紫薇含泪而笑。

"看懂了！"

福伦和福晋，接过信笺也看了看。福伦忍不住问：

"她说些什么？"

紫薇郑重地接过信笺，打开，看着信笺说：

"你们可能看不懂，我念给你们听！"便正色地、动容地、充满感情地念起信来，"满腹心事从何寄？画个画儿替！小鸟儿是我，小花儿是你！小鸟儿生死徘徊时，小花儿泪洒伤心地！小鸟儿有口难开时，万岁爷错爱无从拒！小鸟儿糊糊涂涂时，格格名儿已经昭大地！小鸟儿多少对不起，小花儿千万别生气！还君明珠终有日，到时候，小鸟儿负荆请罪酬知己！"

　　紫薇念得抑扬顿挫，头头是道，大家听得目瞪口呆。尔康凝视着紫薇，在一片震动的情绪里，还有说不出来的佩服。大家都听得感动极了，震动极了。

　　紫薇念完信，对众人含泪一笑。

　　"就是这样了，她把所有的事情，都交代清楚了！"

　　永琪瞪着紫薇，心服口服地喊：

　　"所谓格格当如是！"

　　"哇！什么叫'出口成章'，我今天是领教了！"尔泰喊。

　　尔康热烈地看着紫薇，叹了口气，自言自语地说：

　　"天下的奇女子，都被咱们碰上了！"回头看永琪，"五阿哥，谢谢你那一箭！射得好！"

　　永琪一愣。

　　"你谢得有点古怪！"

　　紫薇不由自主地脸一热，眼睛里亮晶晶的。

　　福晋拿起那些画，左看右看，纳闷地说：

　　"一个字都没有，居然有这么多的词，也只有你看得懂！真难为了你，怪不得你会和她结拜，只有姐妹，才会这样心灵相通吧！"

　　福伦瞪着紫薇，起身，对紫薇一拜。到了此时，才真正承认了紫薇。

　　"福伦有幸，能让一位真格格住在我家，有什么不周到的地方，你一定要说！"

紫薇跳起身子，涨红了脸，对众人喊：

"你们不要这样，弄得我不好意思！接到小燕子的信，我实在太兴奋，忍不住就'卖弄'了一下，你们千万不要笑我！不过是文字游戏而已！"

"我打赌，你如果在皇阿玛身边，他会喜欢得发疯的！"永琪说。

紫薇脸色一暗，忽然走到房间正中，面对众人，跪了下去，诚诚恳恳地说：

"不瞒大家，自从我发现小燕子是格格以后，我对小燕子真是又恨又怨又生气，可是，这些日子以来，听你们大家跟我分析利害，我已经越来越明白，我的存在，不只威胁到小燕子的生命，还威胁到很多无辜的人！今天，我看了小燕子的信，我不再恨她了，也不怪她了！"抬头看了尔康一眼，"你说过，老天这样安排，可能有它的意义！我终于相信了这句话！"

尔康目不转睛地看着紫薇。

"现在的情势，如果我要认爹，可能有两个结果：一个是，我爹相信了我，那么，是小燕子死！另一个是，我爹不相信我，那么，是我死！"

福伦不禁深深点头。

"你分析得很对，足以见得，你已经想得非常透彻了！"

"无论是我死，还是小燕子死，都是不值得！上苍既然把小燕子送进宫，让她阴错阳差地做了格格，又让她帮我承欢膝下，做了女儿该做的事，我还有什么好埋怨呢？所以，我决定了，从今以后，还珠格格是小燕子！我是夏紫薇，一个普通的老百姓。现在，知道这个秘密的，就是你们各位，请你们帮我一个忙，永远永远，咽下这个秘密！"

大家激动着，感动着，一时无语。

尔康便就手扶起紫薇，动情地说：

"你起来吧！你的这番话，事实上，在我们每个人的心里，都盘旋了一段时间，只是没有人敢跟你讲。今天，你自己说出来了，我想，五阿哥和我们，都松了一口气！你能为大局着想，能为小燕子着想，牺牲你自己，你这种胸襟和气度，让我实在太佩服了！紫薇，我跟你保证，你不会白白牺牲的。老天会给你另一种幸福，一定会！"

尔康说得坦率坚定，紫薇凝视尔康，不禁动容。

福伦和福晋对看一眼，都若有所觉而惊异着。

室内，每个人有每个人的感动。只有金琐，不禁流下泪来，轻轻地喊了一声：

"小姐！你娘的遗志……"

紫薇回头看金琐，微笑地打断了金琐：

"金琐，你不必帮我委屈，我娘要我带给我爹的东西，小燕子已经帮我带到了！从我爹对小燕子的态度来看，我爹并没有完全忘掉我娘，我想，我娘应该可以含笑九泉了！"

紫薇说完，就对永琪说：

"五阿哥，请你把我的话，说给小燕子听！"

永琪心悦诚服地答道：

"你放心！我会一字不漏地讲给她听！"

所以，当天下午，在漱芳斋，小燕子已经听到了整个念信的经过。别提小燕子有多么激动了，她瞪着永琪，一直不敢相信地问：

"她原谅了我？她不恨我了？她说的？她真的这么说？"

永琪目不转睛地看着欣喜若狂的小燕子，叹口气，说：

"小燕子，我坦白告诉你，我生在帝王家，家里姑姑多、姐妹多，我是在一群'格格'中间长大的！可是，我从来没有见过这样两个格格，一个是你！一个是紫薇！你的率直坦荡，紫薇的诗情画意，你们两个真是绝配！看多了我家那些方方正正的'格格'，真欣赏你这个不在格子里的'格格'，和紫薇那个玲珑剔透的'格格'！"

左一个格格，右一个格格，叮把小燕子听得头昏脑涨。她大叫一声，说：

"不要跟我发表你的'格格'论了！只要告诉我，紫薇真的没有骂死我，恨死我，气死我……还把我的信，念成一首歌……你没有骗我吧？我做梦都梦到紫薇要掐死我呢！”

“不骗你，她说，她已经原谅你了！”

“哇！”小燕子腾空一跃，几乎穿窗飞去，“紫薇原谅了我！紫薇原谅了我！”就满室飞舞，乐不可支。“我就说嘛，拜把子是拜假的吗？上有玉皇大帝，下有阎王老爷，全都看着呢！可是……”又急急地抓住永琪的袖子，“我还是要把这个‘格格’还给紫薇！我一定要还的！你帮我想想办法看，我怎么样可以把‘格格’还给紫薇，不用砍头丢脑袋？我对自己这颗脑袋，其实还蛮喜欢的！”

永琪慌忙四面看看。

“小声一点！小声一点！你要叫得尽人皆知吗？你已经把皇后得罪了，说不定四面八方都是皇后的眼线，你还在这儿嚷嚷！”小燕子盯着永琪，有个疑问，憋在心里好久了。

“你叫皇后皇额娘，她是你的娘吗？”

“不是的！因为她是皇后，我必须这样叫她！我的亲生额娘是愉妃，已经去世了！皇后的亲生儿子，是十二阿哥，不是我！”

小燕子呼出一大口气，连忙喊：

“阿弥陀佛！谢天谢地！”

"你别阿弥陀佛了，如果是的话，还可以帮你讲讲话，不是才糟呢！皇后平常对我就已经忌讳了，现在又加一个你！"

"皇后为什么忌讳你？"

"自古以来，宫闱的倾轧都是同一个理由……咱们不要谈这个了！"凝视小燕子，"你眼前最大的危机，总算有惊无险，只要紫薇放你一马，你就安全了！你安心当你的还珠格格，不要东说西说，知道吗？"

"说实话，我已经当得不耐烦了，你们赶快帮我想一个脱身的办法！"

"好，我帮你想脱身的办法，没想好以前，你答应我不闹事！"

小燕子胡乱地点点头。永琪认真地叮嘱道：

"你和皇后，最好不要作对！在宫里，有宫里的生存法则，你这样任性，迟早会吃大亏的！我请求你，学着保护自己，好不好？"

永琪语气中的温柔，让小燕子心里热乎乎的，眼中闪着喜悦，就伸手很男性化地，用手背"啪"地在永琪胸口打了一下，打得永琪好痛。

"你放心，我没给你那一箭射死，就死不掉了！"

永琪摇头苦笑。

"我还真不放心！如果你最后会丢脑袋，还不如当初一箭射死你，免得牵肠挂肚！"

“你说什么？”小燕子眼睛一瞪。

永琪慌忙掩饰地看向窗外。

“没什么！”

“不要东拉西扯了，你到底什么时候可以安排我出宫去见紫薇？”

“少安毋躁！”

“什么安什么躁？你叫我不要急是吗？怎么可能不急呢？我急得不得了！刚刚皇阿玛把我叫去说，明天要我跟你们一起去书房念书，我听到念书，一个头就涨成两个大，我哪儿会念书呢？大字都不认得几个，什么纪师傅，好像很有学问的样子，我一定会大出洋相，怎么办嘛？”

永琪看着她，笑了笑。

“怕什么？有我和尔泰，我们会帮你的！到时候，纪师傅一定会先考考你，你看我们的眼色就对了！我们不会让你下不来台的！”

“什么？还要考我呀？我完了！真的完了！”小燕子苦着脸叫，“当个格格，怎么这么麻烦？还是让紫薇来当比较好！”

小燕子往椅子里一倒，好像天都塌下来了。

第九章

其实，清朝的格格们是不上书房的。上课，是阿哥们的事，不是格格的事。乾隆虽然嘴里说，满人对女儿和儿子的教养差不多，不会拘束女子。事实上，女儿和儿子的待遇是绝对不一样的。女儿念不念书没关系，儿子就必须都是文武全才。但是，格格们都有妃嫔们自我要求，自我教育。乾隆是个琴棋书画样样精通的人，格格们当然也个个都是出口成章的人物。所以，乾隆对于小燕子，居然没念什么书，觉得是个大大的缺陷，他自己常说，人如果不读书，就会粗鄙，而他，最受不了的就是粗鄙。

所以，还珠格格是第一个走进书房的格格。

这天，乾隆为了慎重，也为了要看看纪晓岚如何"教育"小燕子，特别带着小燕子到书房。一群阿哥们，和伴读的王公子弟们，见小燕子来了，万绿丛中一点红，给书房带来了一份活泼的气氛，不禁个个都有些兴奋。但是，看到乾隆坐镇，大家又都惴惴不安了。

纪晓岚看着小燕子，关于小燕子的种种脱序行为，早已传遍宫中。看到小燕子正襟危坐，如临大敌，大眼睛不住左顾右盼，而尔泰和永琪，一边一个，频频给她使眼色，觉得有些稀奇。心想，乾隆亲自督阵，这个"师傅"，责任重大。不管怎样，先试试小燕子的程度再说。

纪晓岚就清清嗓子，微笑地说：

"今天是格格初次入学。臣想，不妨抛开那些又厚又重的书本，做些轻松有趣的事儿，格格以为如何？"

小燕子一听不碰书本，不由得笑逐颜开，忙不迭地就连连点头。

"咱们先来一个文字游戏，来作'缩脚诗'，总共四句，第一句七个字，第二句五个字，第三句三个字，第四句只有一个字，四句里头，格格随意接哪一句都行……"便看着阿哥们说，"哪一位先帮格格开个头？"

小燕子苦着一张脸，听得完全莫名其妙，什么"缩脚诗"，还叫"伸头诗"呢！看样子，自己得找一个地洞，到时候，来个"地洞诗"，钻下去算了！正在想着，永琪已经大声地接了口：

"我先来！"便看看小燕子，又看看尔泰，朗声念，"四四方方一座楼！"

"挂上一口钟！"尔泰即刻接上，看小燕子，表示已从七字降为五字。

"撞一下！"永琪见小燕子一脸糊涂，赶快接了三个字的，现在只要接一个字就可以了，永琪把茶杯倒扣，拿折扇做撞击状，暗示着。

小燕子瞪大眼睛看着，本能地就接一声：

"嗡……"

永琪、尔泰、阿哥们不禁热烈鼓掌叫好：

"哈哈……对了对了，就是这样！"

小燕子惊喜莫名，不相信地问：

"真的吗？我真的接对了吗？"

"接得好极了，接得妙极了！"永琪首先赞美。

乾隆笑着摇摇头。

"这不是接出来的，这是蒙出来的！不能算数，师傅再另外出题吧！"

纪晓岚出了第二个题：

"接下来，咱们来填诗，我提下半句，听好啊！'圆又圆，少半边，乱糟糟，静悄悄。'格格要用这几个字，填成一首诗！五阿哥！我看你跃跃欲试，你就再给格格示范一下！"

永琪想了想，看着小燕了，不能用字人深，要浅显，要是小燕子能够了解的。就念了出来：

"十五月儿圆又圆，初七初八少半边。满天星星乱糟糟，乌云一遮静悄悄！”

“唔！填得不错！”纪晓岚点头，心里可不怎么满意，太口语了！还没来得及要小燕子作，尔泰已经忙不迭地说：

“我也示范一下！”看着小燕子，心想，永琪说得还是“太诗意”了，应该从生活中取材，还要是小燕子能了解的生活，就念了一首：“一个月饼圆又圆，中间一切少半边。惹得老鼠乱糟糟，花猫一叫静悄悄！”

尔泰这样的诗，惹得阿哥们情不自禁地大笑。纪晓岚和乾隆相对一看，明知永琪和尔泰在千方百计地帮小燕子，两人也不表示什么。纪晓岚就催着小燕子说：

“格格！该你了，试一试吧！”

小燕子一怔，为难地说：

“不试不行吗？”

“要试要试，这没有什么好难为情的！”纪晓岚鼓励着。

“那……要是填得不对、不好……”

“没有关系，不对可以更正，不好可以修饰啊！”

小燕子看看永琪他们，两人都对她点点头，鼓励着。小燕子知道赖不掉了，只得吸了一口气，豁出去了。

“好吧！试就试！”就看着纪晓岚，大声念着：

“师傅眼睛圆又圆……”一句话刚刚出口，阿哥们窃笑四起，小燕子硬着头皮继续念，“一拳过去少半边……”满堂的窃笑立刻变成了哄堂大笑，大家笑得东倒西歪。小燕子四面看看，完全就地取材，念了第三句：

"大家笑得乱糟糟……"

这一下，大家实在忍不住了，笑得前俯后仰，气都喘不过来了。课堂上从来没有喧闹成这样子过，何况乾隆在场！纪晓岚气得吹胡子瞪眼睛，急得又咳嗽又拍桌子，满屋子的笑声就是无法控制。乾隆又好笑又好气，不得不板起面孔重重一哼：

"哼！"

阿哥们顿时收住笑，小燕子瞅了乾隆一眼，可怜兮兮地接完最后一句：

"皇上一哼静悄悄！"

大家又迸出大笑声，有的胆子小，拼命憋着笑，憋得脸红脖子粗。

乾隆哭笑不得，只有化为一声长叹：

"唉！"

小燕子看看乾隆，又看看纪晓岚，忽然间灵机一动，想起紫薇曾经教过她一副对子，当时觉得好玩，就记住了。现在，不妨拿出来试一试！当下，就又委屈，又不服气地朗声说：

"皇阿玛别叹气呀！书上这些文绉绉的玩意儿我是外行，可是外头活生生的世界我可内行了，不相信，我也来出个对子，只怕你们谁都对不出来！"

乾隆顿时大感兴趣。

"哦？好大的口气，晓岚！你听见没有啊？"

"臣听见了，请格格尽管出题！"纪晓岚看着小燕子。

"好，听着啊！'山羊上山，山碰山羊角，咩！'"最后一声羊叫，惟妙惟肖。

纪晓岚一呆。这是什么东西？怎么对？

阿哥们纷纷窃窃私语。

连乾隆也露出了困惑之色。

眼看大家讨论、思考、皱眉、抓头，表情不一而足，小燕子真是好不得意。

"怎么样啊？"小燕子笑嘻嘻地问大家。

阿哥苦笑的苦笑，摇头的摇头。

"纪师傅？"小燕子得意地看纪晓岚。

纪晓岚涨红了脸，不得不拱拱手说：

"请教格格！"

"这下联嘛！就是……"小燕子笑嘻嘻地接了下联，"水牛下水，水淹水牛鼻，哞！"最后的一声牛叫，也惟妙惟肖。

乾隆不禁拊掌大笑：

"哈哈……原来如此，原来如此啊！"

纪晓岚也笑了出来，明知道小燕子不可能对出这样的对子，一定是什么文人的游戏之作，但是，看到乾隆那么高兴，就也凑趣地说：

"正所谓教学相长也，还珠格格！今日，我算是服了你了！"

阿哥们都鼓起掌来，哄然叫好。永琪和尔泰相对一看，与有荣焉。

小燕子眼睛发光，脸孔也发亮，笑得好灿烂，心里却在叽咕着：

"还好，跟紫薇学了这么一招，把师傅也唬住了！"

乾隆听到纪晓岚赞美小燕子，更乐了。

"哈！博学多才的纪晓岚，居然也有甘拜下风的一天啊！哈哈……"

在一片哄闹声中，小燕子飘飘然着，永琪和尔泰用力鼓掌，都满眼激赏地凝视她，书房中难得这样热闹，大家兴奋，其乐融融。

小燕子上书房的趣事，几乎立刻就轰动了整个宫廷，更是大臣们茶余酒后的笑谈。大家对于这个毫无学问，却能让乾隆开怀大笑的"民间格格"，传说纷纭。对于她的来历，更是揣测多端，各种说法，莫衷一是。

不管大家的议论如何，小燕子还是心心念念要出宫。出不了宫，见不到紫薇，难免心浮气躁，觉得当格格越来越不好玩了。

同一时间，紫薇已经下定决心，让小燕子的格格当到底，她要彻底"退出"了。

这天，尔康走进紫薇的房间，发现紫薇把一摞洗得干干净净的衣裳放在床上。她和金琐两个，打扮得整整齐齐，正准备出门。

尔康一惊，急急地问：

"你们要去哪里？"

"正要去大厅，看福大人、福晋和你们兄弟两个！"紫薇说。

"有事吗？阿玛去拜访傅六叔了，还没回家。尔泰进宫了，也还没回来！"

"啊！"紫薇一怔。

"什么事呢？告诉我吧！"

"我是要向大家道谢，打扰了这么多日子，又让大家为我操心。现在，情势已经稳定了，我想我也应该告辞了！我把福晋借我穿的衣裳，都洗干净放在床上了……"

尔康一震，看看收拾得纤尘不染的房间，着急地问：

"为什么急着走呢？难道我们有什么不周到的地方吗？"

紫薇摇摇头，赶紧说：

"没有没有！就因为你们太周到了，我才不安心！真的，打扰得太多了，我也该回到属于自己的地方去了！"

尔康凝视紫薇，忽然间，就觉得心慌意乱了，一急之下，冲口而出：

"什么是'属于你自己的地方'？你是说那个大杂院？还是说皇宫？还是你济南老家？什么是属于你的？能不

能说清楚？"

　　一番话问住了紫薇。她的脸色一暗，心中一酸。

　　"是，天下之大，居然没有真正属于我的地方！但是，'不属于'我的地方，我是很清楚的！"

　　尔康看了金琐一眼。

　　金琐就很识趣地对尔康福了一福，说：

　　"大少爷，我先出去一下！您有话，慢慢跟小姐谈！"

　　金琐走出门去，关上了房门。

　　紫薇有些不安起来，局促地低下头去。尔康见房内无人，就一步上前，十分激动地盯着紫薇。

　　"紫薇，我跟你说实话，我不准备放你走！"

　　紫薇大震，抬头看尔康。

　　"为什么？"

　　"因为……我们大家，包括五阿哥在内，都或多或少，给了你很多压力，使你不得不委委屈屈，放弃了寻亲这条路！我们每个人都明知你是金枝玉叶，却各有私心，为了保护我们想保护的人，把你的身世隐藏起来，我们对你有很多的抱歉，在这种抱歉里，只有请你把我们家当成你的家，让我们对你尽一份心力！"

　　"你的好意，我心领了！其实，你们一点都不用对我抱歉，是我自己选择放弃这条路，我也有我想保护的人！你们全家对我都这么好，我会终生感激的！但是，它毕竟不是我的家，我住在这儿，心里一直不踏实，你还是让我走吧！”

尔康情急起来。

“可是，你的身份还是有转机的！说不定柳暗花明呢？住在我家，宫里的消息，皇上的情况，甚至小燕子的一举一动……你都马上可以知道，不是很好吗？何况，我们还在安排，要把你送进宫，跟小燕子见面呢！”

“我心里明白，混进宫是一件很危险的事，说不定会让福晋和你们，都受到责难！看过小燕子的信以后，我已经不急于跟小燕子见面了！只要大家都平安，就是彼此的福气了！”

“可是，可是……你都不想见皇上一面吗？”

紫薇一叹：

“见了又怎样呢？留一点想象的空间给自己，也是不错的！”

尔康见讲来讲去，紫薇都是要走，不禁心乱如麻。

“那……你是走定了？”

“走定了！”

尔康盯着紫薇，见紫薇眼如秋水，盈盈如醉，整个人就痴了，顿时真情流露，冲口而出地说：

“所有留你的理由，你都不要管了！如果……我说，为了我，请你留下呢？”

紫薇大震，踉跄一退，脸色苍白地看着尔康。

尔康也脸色苍白地看着紫薇，眼里盛满了紧张、期盼和热情。

这样的眼光，使紫薇呼吸都急促起来，她哑声地问：

"你是什么意思？"

"你这么冰雪聪明，还不懂我的意思吗？自从你在游行的时候，倒在我的脚下，攥住我的衣服，念皇上那两句诗……我就像是着魔了！这些日子，你住在我家，我们几乎朝夕相处，你的才情，你的心地，你的温柔……我就这样陷下去，情不自禁了！"尔康一口气说了出来。

紫薇震动已极，目不转睛地看着尔康，呆住了。

两人互看片刻，紫薇震惊在尔康的表白里，尔康震惊在自己的表白里。

尔康见紫薇睁大眼睛，默然不语，对自己的莽撞，后悔不迭，敲了自己的脑袋一下，退后了一步，有些张皇失措。

"我不该说这些话，冒犯了你！尤其，你是皇上的金枝玉叶，我都不知道你会怎样想我。"紫薇愣了片刻，低低说：

"我现在还算什么金枝玉叶呢？我说过了，我只是一个平常的老百姓，一个没爹没娘的孤儿，甚至连一个名誉的家庭都没有……真正的金枝玉叶是你，大学士的公子，皇上面前的红人，将来，一定也有真正的金枝玉叶来婚配……我从小在我娘的自卑下长大，不敢随便妄想什么！"

尔康听得非常糊涂，激动地说：

"如果你可以'妄想'呢？你会'妄想'什么？"

紫薇大惊，再度踉跄一退。

尔康见紫薇后退，受伤，懊恼，狼狈起来，脸上青一阵，白一阵。

"是我脑筋不清，语无伦次！你把这些话，都忘了吧！如果你决定要走，待我禀告过阿玛和额娘，我就送你回大杂院！"

尔康说完，不敢再看紫薇，就伸手要去开门。

紫薇心情激荡，一下子拦了过去，挡在门前，哑声地说：

"我留下！"

尔康大震，抬头盯着紫薇：

"你说什么？"紫薇睁着黑白分明的眼睛，一眨也不眨地看着尔康，自从来到福府，对尔康的种种感激和欣赏，此时，已融合成一股庞大的力量。她无法分析这股力量是什么，只知道，她的心，已经被眼前这个恂恂儒雅的男子，深深地打动了。她清晰地说：

"为了你最后那个理由，我不走了，我留下！"

尔康太激动了，一步上前，就忘形地握住紫薇的手。

紫薇脸红红的，眼睛水汪汪的，也忘形地看着尔康。

两人痴痴地对视着，此时此刻，心神皆醉，天地俱无了。到这时候，紫薇才知道，尔康常说，紫薇和小燕子的阴错阳差，是老天刻意的安排。她懂了，失之东隅，收之桑榆！如果她顺利进了宫，就不会进府！和尔康的这番相知相遇，相怜相惜，大概就不会发生了！她定定地看着尔康那深邃的眸子，突然间，不再羡慕小燕子了。

这时的小燕子，确实没有什么可羡慕的，因为，她正陷在水深火热中。

到底，皇后用什么方式，说服了乾隆，小燕子不知道。她只知道，忽然间，乾隆不只对自己的"学问"关心，对于自己的"生活礼仪"，也大大地关心起来。而且，他居然派了和小燕子有仇的容嬷嬷来"训练"她，这对小燕子来说，是个大大的意外，更是个大大的灾难！

事有凑巧，乾隆带着皇后和容嬷嬷来漱芳斋那天，小燕子正趴在地上，和小邓子、小卓子、明月、彩霞四个人，在掷骰子，赌钱。四个宫女太监，全都听从小燕子的命令，趴在地上，正玩得不亦乐乎。

谁知道，乾隆等一行人，会忽然"驾到"呢？门口又没派人把风，等到乾隆的贴身太监小路子，一声"皇上驾到，皇后驾到"的时候，乾隆和皇后已经双双站在小燕子面前了。

小燕子吓了一大跳，慌忙从地上跳了起来。

小邓子、小卓子、明月、彩霞全部变色，吓得屁滚尿流，仓皇失措。大家纷纷从地上爬起来，还没站稳，抬眼看到乾隆和皇后，又都"扑通扑通"跪下去。这一起一跪，弄得手忙脚乱，帽子、钗环、骰子、铜板……滚了一地。

小燕子倒是手脚灵活，急忙就地一跪。

"小燕子恭请皇阿玛圣安，皇后娘娘金安！"

皇后见众人如此乱七八糟，心中暗笑。

"格格在做什么呢？好热闹！"皇后不温不火地说。

乾隆皱着眉头，惊愕极了，看着满地的零乱。

"小燕子，你这是……"看到骰子，气不打一处来，对小邓子四个人一瞪眼，大喝一声，"是谁把骰子弄进来的？"

小燕子生怕四人挨骂，慌忙禀告：

"皇阿玛！你不要骂他们，是我逼着他们给我找来的，闲着也是闲着，打发时间嘛！"

乾隆听了，简直不像话！心里更加不悦，哼了一声，瞪着太监和宫女们，大骂：

"小邓子，小卓子！你们好大胆子！好好的一个格格，都被你们带坏了！"

小邓子、小卓子跪在地上，簌簌发抖。

"咱们……奴才该死！"

皇后眉毛一挑，立刻说：

"什么叫'咱们奴才该死'？谁跟你们是'咱们'？"

小燕子又急忙喊：

"是我要他们说'咱们'，不许他们说'奴才该死'！

皇阿玛，皇后，你们要打要骂，冲着我来好了，不要老是怪到他们头上去！”

乾隆看了皇后一眼，气呼呼地点点头：

“你说对了！小燕子不能再不管教了！”便转头对小燕子，严厉地喊，“小燕子！你过来！”

乾隆的脸色这么难看，小燕子心里暗叫不妙，只得硬着头皮走了过去。

“从明天起，你双日上书房，跟纪师傅学写字念书；单日，容嬷嬷来教你规矩！容嬷嬷是宫中的老嬷嬷，你要礼貌一点，上次发生的那种事，不许再发生了！如果你再爬柱子，再打人，朕就把你关起来！君无戏言，你最好相信朕的话！”

容嬷嬷就走上前来，对小燕子行礼。

“容嬷嬷参见格格，格格千岁千千岁！”

小燕子蓦地一退，脸色惨变，急喊：

“皇阿玛！您为什么这样做？”

“朕知道什么叫‘恃宠而骄’，什么叫‘爱之，适以害之’！不能再纵容你了！”

乾隆一用成语，小燕子就听得一头雾水，心里又着急，想也不想，就气急败坏地喊着说：

“什么‘是虫儿叫’，什么‘暧哟暧哟’？皇阿玛，你不要跟我转文了，你不喜欢我赌钱，我不赌就是了，你把我交给这个容嬷嬷，不是把鸡送给黄鼠狼吗？下次你要找我的时候，说不定连骨头都找不到了！"

容嬷嬷面无表情，不动声色。

皇后摇摇头，一股"你看吧"的样子，注视着乾隆。

乾隆听到小燕子的"是虫儿叫，暖吱暖吱"，简直气得发昏。对这样的小燕子，实在忍无可忍，脸色一板，厉声一吼：

"朕已经决定了！不许再辩！朕说学规矩，就要学规矩！你这样不学无术、颠三倒四，让朕没办法再忍耐了！"便回头喊，"容嬷嬷！""奴才在！"容嬷嬷答得好清脆。

"朕把她交给你了！"

根本是"有力"的！

小燕子的灾难，就从这一天开始了。

容嬷嬷教小燕子"规矩"，不是一个人来的，她还带来两个大汉，名叫赛威、赛广。两人壮健如牛，虎背熊腰，走路的时候，却像猫一样轻巧，脚不沾尘。小燕子是练过武功的，对于"行家"，一目了然。

知道这两个人，必然是大内中的高手。

容嬷嬷对小燕子恭恭敬敬地说：

"皇上特别派了赛威、赛广兄弟来，跟奴婢一起侍候格格。皇上说，怕格格一时高兴，上了柱子屋檐什么的，万一下不来，有两个人可以照应着！"

小燕子明白了，原来师傅还带着帮手，看着赛威、赛广那两人像铁塔一般，心里更是暗暗叫苦。

她看着容嬷嬷，转动眼珠，还想找个办法推托。

苦思对策。

"容嬷嬷，我们先谈个条件……"

容嬷嬷不疾不徐地说：

"奴婢不敢跟格格谈条件，奴婢知道，格格心里，一百二十万分地不愿意学规矩！奴婢是奉旨办事，不能顾到格格的喜欢或不喜欢。皇上有命，奴婢更不敢抗旨！如果格格能够好好学，奴婢可以早点交差，格格也可以早点摆脱奴婢，对格格和奴婢，都是一件好事！就请格格不要推三阻四了！"

容嬷嬷讲得不卑不亢、头头是道，小燕子竟无言以对，无奈地大大一叹：

"唉！什么'格格''奴婢'的搞了一大堆，像绕口令似的，反正，我赖不掉就对了！"

小燕子第一件学的，竟是"走路"。容嬷嬷示范，一遍又一遍地教：

"这走路，一定要气定神闲，和前面的人要保持距离！甩帕子的幅度要恰到好处，不能太高，也不能太低，格格请再走一遍！

"格格，下巴要抬高，仪表要端庄，背脊要挺直，脸上带一点点笑，可不能笑得太多！再走一遍！

"格格，走路的时候，眼睛不能斜视，更不能做鬼脸！请再走一遍！”

小燕子左走一遍，右走一遍，一次比一次不耐烦，一次比一次没样子，帕子甩得忽高忽低。容嬷嬷不慌不忙地说：

“格格，如果你不好好学，走一个路，我们就要走上十天半月，奴婢有的是时间，没有关系！但是，格格一天到晚，要面对我这张老脸，不会厌烦吗？”

小燕子忍无可忍，猛地收住步子，一个站定，甩掉手里的帕子，对容嬷嬷大叫：

“你明知道我会厌烦，还故意在这儿折腾我！你以为我怕你吗？我这样忍受你，完全是为了皇阿玛，你随便教一教就好了，为什么要我走这么多遍？”

容嬷嬷走过去，面无表情地拾起帕子，递给小燕子。

“请格格再走一遍！”

“如果我不走呢？”

“格格不走，容嬷嬷就告退了！”

容嬷嬷福了一福，转身欲去。小燕子不禁大喊：

“慢着！你要到皇阿玛面前告状去，是不是？”

“不是‘告状’，是‘复命’！”

小燕子想了想，毕竟不敢忤逆乾隆，气呼呼地抓过帕子。

“算了算了！走就走！哪有走路会把人难倒的呢？”

小燕子甩着帕子，气冲冲迈着大步向前走，帕子甩得太用力，飞到窗外去了。

小邓子、小卓子等六人，拼命忍住笑。

容嬷嬷仍然气定神闲，把自己手里的帕子递上，不温不火地说：

"请格格再走一遍！"

小燕子第二件学的是"磕头"。和"走路"一样，磕来磕去，磕个没完没了。

"这磕头，看起来简单，实际上是有学问的！格格每次磕头，都没磕对！跪要跪得端正，两个膝盖要并拢，不能分开！两只手要这样交叠着放在身子前面，头弯下去，碰到自己的手背就可以了，不必用额头去碰地，那是奴才们的磕法，不是格格的磕法。来！请格格再磕一次！

"格格错了！手不能放在身子两边……再来一次！

"格格又错了，双手要交叠，请格格再磕一次！"

小燕子背脊一挺，掉头看容嬷嬷，恼怒地大吼：

"你到底要我磕多少个头才满意？"

容嬷嬷温和却坚持地说：

"磕到对的时候就可以了！"

小燕子就跪在那儿，磕了数不清的头。

小燕子第三件学的事，居然是如何"坐"。

"所谓站有站相，坐有坐相。这'坐'也有规矩的！要这样慢慢地走过来，轻轻地坐下去。膝盖还是要并拢，双手交叠放在膝上。格格，请坐！

"格格请起，再来一遍！坐下去的时候，绝对不能让椅子发出声音！

"格格请起，身子要坐得端正，两只脚要收到椅子下面去！请再来一遍！

"格格请起，头要抬头，下巴不能下垂，两只脚不要用力！请再来一遍！"

于是，小燕子又起立，又坐下，整整"坐"了好多天。

小燕子终于爆发的那一天，是练习了好久的"见客"之后，好不容易，到了吃饭的时间。她累得脚也酸了，手也酸了，脖子背脊无一不痛。看到吃饭，如逢大赦，高兴得不得了。坐在餐桌上，她吃着这个，看着那个，狼吞虎咽，一面忙着自己吃，还要一面忙着招呼小邓子、小卓子等人。

"哇！总算可以吃饭了，我现在吃得下一头牛！"

稀里呼噜一口汤，满意地喘了口大气，再含着一口菜，回头说："大家坐下来一起吃吧！我相信大家都饿了，都累了，这一桌子的菜，我一个人怎么吃得下？来来来！吃饭！吃饭！累死事小，饿死事大……"小燕子话没说完，容嬷嬷清脆地说：

"格格，请放下筷子！"

小燕子一怔，抬起头来，气往脑袋里直冲。

"干吗？规矩已经教完了，我现在在吃饭呀！难道你连饭也不让我好好吃？"

"这'吃饭'也有规矩！嘴里含着东西，不能说话！更不能让奴才陪你吃饭，奴才就是奴才！格格身份高贵，不能和奴才们平起平坐，这犯了大忌讳！格格拿筷子的方法也不对，筷子不能交叉，不能和碗盘碰出响声！喝汤的时候，不能出声音！格格，请放下筷子，再来一遍！"

这一下，小燕子再也无法忍耐了，"啪"的一声，把筷子重重地往桌上一拍，跳起身子，大叫：

"我不干了！可以吧！这个还珠格格我不当了！早就不想干了！什么名堂嘛？坐也不对，站也不对，走也不对，跪也不对，笑也不对，说也不对……连吃都吃不对！我不要再受这种窝囊气！我受够了！我走了，再也不回来了！"

小燕子一面喊着，一面摘下了"格格扁方"，往地上一摔，扯掉脖子上的珠串，珠子稀里哗啦地散了一地，小燕子就冲出房去。在她身后，小邓子、小卓子、明月、彩霞、容嬷嬷嘴里喊着格格，拼命地追了出来……

就在这个时候，乾隆、皇后、令妃，带着永琪和尔泰走进漱芳斋的院子。

小燕子像箭一样地射出，嘴里乱七八糟地喊着：

"帽子，不要了！珠子，不要了！耳环，不要了！金银财宝，都不要了！这个花盆底鞋，也不要了……"就伸脚一踢一踹，一双花盆底鞋子飞了出去。

乾隆惊愕地一抬头，只见一只花盆底鞋，对他脑门直溜溜飞来。乾隆大惊：

"这是什么？"

永琪出于直觉反应，跳起身伸手一抄，抄到一只鞋子。

乾隆瞪大了眼睛。皇后、令妃、永琪、尔泰都是一阵惊呼。小燕子嘴里还在喊：

"不干了，总可以吧！什么'还珠格格'，简直成了'烤猪格格'……"

乾隆惊魂未定，怒喊：

"小燕子！你这是干什么？"

小燕子这才猛然刹住脚步，睁着大眼，气喘吁吁地看着乾隆。

奔出门来的容嬷嬷、小邓子、小卓子、明月、彩霞、赛威、赛广扑通扑通地跪了一地，纷纷大喊：

"皇上吉祥！皇后娘娘吉祥！令妃娘娘吉祥！五阿哥吉祥！福二爷吉祥……"

在这一片吉祥声中，小燕子却涨红了脸，瞪大了眼珠子，气鼓鼓地光脚站着，一句话都不说，也不请安。皇后一挑眉，厉声问：

"这是怎么回事？容嬷嬷！"

“奴婢在！”

“你不是陪着格格吗？怎么把格格教成这个样子？帽子鞋子全飞了，是怎么回事？你说！”

“奴婢该死！教不会还珠格格！”容嬷嬷一股“罪人”状。

乾隆气得眼冒金星，瞪着小燕子，大怒地吼：

“你这是什么样子！要你学规矩，你怎么越学越糟？你看看你自己，服装不整，横眉怒目，成何体统？”

小燕子什么都不管了，直着眼睛嚷：

“皇阿玛！我豁出去了！这个格格我不干了！你要砍我的脑袋，我也只有认了！反正……”她傲然地昂着头，视死如归地大喊，“要头一颗，要命一条！”

乾隆被她气得脸红脖子粗。“你以为‘格格’是什么？随你要干就干，要不干就不干？”回头大叫，“来人呀，给朕把还珠格格拿下！”

赛威、赛广便大声应着“喳”，上前迅速地捉住了小燕子。

小燕子急喊：

“皇阿玛！皇阿玛……你真的要我的脑袋吗？”

乾隆震怒，无法控制了，对小燕子声色俱厉地吼着：“你如此嚣张，如此放肆！朕对于你，已经一忍再忍，实在忍无可忍了！朕不要你的脑袋，只要好好地教训你！”便对太监们喊道，“打她二十大板！”

太监们大声应着"喳"。

永琪大急，真情流露，扑通一声，对乾隆跪落地，气急败坏地喊：

"皇阿玛请息怒！还珠格格是金枝玉叶，又是女儿身，恐怕禁不起打！不如罚她别的！"

尔泰见永琪跪了，便也跪了下去。"皇上仁慈！五阿哥说得很对，格格不比男儿，不是奴才，万岁爷请三思！"

令妃也急忙对乾隆说："是呀是呀！还珠格格身体娇弱，上次受的伤，还没有全好，怎么禁得起板子？皇上，千万不要冲动呀！"

小邓子、小卓子、明月、彩霞四人，更是磕头如捣蒜，流泪喊："皇上开恩！皇上开恩！"

乾隆见众人求情，略有心软，瞪着小燕子怒问：

"你知错没有？"

谁知，小燕子下巴一抬，脱口而出：

"我最大的错，就是不该做这个格格……"

乾隆不等她说完，就大喊着说："打！打！谁都不许求情！"

这时，早有太监搬了一张长板凳来。

赛威、赛广便把小燕子拖到板凳前，按在板凳上面，另有两个太监，拿了两根大板子，抬头看乾隆。

乾隆怒道："还等什么？打呀！朕要亲自看着你们打！重重地打！重重地打！"

两个太监不敢再延误，噼里啪啦地就对小燕子屁股上打去，一面打，一面数数："一！二！三！四……"故意打得很慢，给乾隆机会叫停。

小燕子直到板子打上了身，这才知道乾隆是真的要打她，又痛又气又急又羞又委屈又伤心，挣扎着，挥舞着手大叫：

"皇阿玛！救命啊……我知错了！知错了……"

痛得泪水直流。

永琪急坏了，跪行到乾隆面前，磕头喊：

"皇阿玛！手下留情呀！"

乾隆怒不可遏，喊道：

"说了不许求情，还有人求情！加打二十大板！"

永琪和尔泰，再也不敢求情，急死了，眼睁睁看着板子噼里啪啦，打上小燕子的屁股。

令妃眼看小燕子那一条葱花绿的裤子，已经透出血迹，又是心痛，又是着急。自从小燕子进宫，令妃还是真心疼她。这时，什么都顾不得了，抓着乾隆的手，一溜身跪在乾隆脚下，哀声喊着：

"皇上，打在儿身，痛在娘心！小燕子的亲娘，在天上看着，也会心痛的！皇上，你自己不是说过，对子女要宽容吗？看在小燕子娘的分上，您就原谅了她吧！再打下去，她就没命了呀……"

令妃的话，提醒了小燕子，当下，就没命地哭起娘来。

"娘！娘！救我呀！娘……娘……你为什么走得那么早？为什么丢下我……"一哭之下，真的伤心，不禁悲从中来，痛喊，"娘！你在哪里啊！如果我有娘，我就不会这样了……娘！你既然会丢下我，为什么要生我呢……"

乾隆一听，想着被自己辜负了的雨荷，心都碎了，急忙喊：

"停止！停止！别打了！"

太监急急收住板子。赛威、赛广也放开小燕子。

小燕子哭着，从板凳上瘫倒在地。

令妃、明月、彩霞都扑过去抱住她。

乾隆走过去，低头看了小燕子一眼，看到她脸色苍白，哭得有气无力，心里着实心痛，掩饰住自己的不忍，色厉内荏地说：

"你现在知道，'君无戏言'是什么意思了！不要考验朕的耐心，朕严正地警告你，再说'不当格格'，再不守规矩，我绝对不饶你！如果你敢再闹，当心你的小命！不要以为朕会一次又一次地纵容你！听到没有？"

小燕子呜呜咽咽，泪珠纷纷滚落，吓得魂飞魄散，拼命点头，却说不出话来。

乾隆见小燕子的嚣张，变成全然的无助，心中恻然，回头喊：

"赛威！赛广！去传胡太医来给她瞧瞧！容嬷嬷，去把上次回疆进贡的那个‘紫金活血丹’，拿来给她吃！”

乾隆说完，便一仰头，转身而去。

皇后、容嬷嬷、赛威、赛广、太监、宫女跟随，都疾步而去了。

永琪和尔泰，见到乾隆和皇后已去，就跳起身子，奔过去看小燕子。

永琪看到小燕子满脸又是汗，又是泪，奄奄一息，裤子上绽着血痕，心都揪紧了，掩饰不住自己的心痛和关怀，低头说：

“小燕子，你怎样？现在，皇上和皇后都已经走了，你如果想哭，就痛痛快快哭一场吧！不要憋着！”

小燕子闭着眼，泪珠沿着眼角滚落，嘴里叽里咕噜，不知道说了一些什么。

“她说什么？”尔泰听不清楚，问永琪。

“她说，幸好打的不是紫薇！”

第
十
章

　　知道小燕子挨了打，紫薇激动得一塌糊涂，不相信地看着大家。

　　"皇上打了小燕子？怎么可能？他不是很喜欢小燕子的吗？他不是心存仁厚的吗？他不是最欣赏小燕子那种无拘无束的个性吗？为什么打她呢？打了，是不是表示皇上不喜欢她了？那……小燕子有没有危险呢？"尔康见紫薇急得魂不守舍，急忙安慰她：

　　"你先不要急！皇上其实和一般人没有两样，也是望子成龙、望女成凤的！管教小燕子应该是爱，而不是不爱！"

　　永琪摇摇头，担心地说：

　　"尔康说得对，但是也不对！"

　　"什么又对，又不对的？"紫薇问。

"皇阿玛是我的爹，我太了解他了！小燕子完全不明白'伴君如伴虎'这句话，皇阿玛这一生，从来没有人敢顶撞他，敢跟他说'不'字，他早已经习惯这种生活了！他的话是圣旨，是命令，是不可违背的！小燕子头几次顶撞他，皇阿玛觉得新鲜，忍了下去，次数多了，皇阿玛就受不了了！"

福伦不禁拼命点头：

"五阿哥分析得对极了！想想宫里，不论是哪位娘娘，哪位阿哥和格格，不仅对皇上千依百顺，还想尽法子讨好，皇上对小燕子能够忍到今天，已经很不容易了！何况，小燕子还有敌人，这些敌人在皇上面前，叽叽咕咕一下，皇上的面子，也挂不住呀！不管也得管！"

紫薇更急了。

"这么说，小燕子根本就有危险嘛，她向来就咋咋呼呼，不知道天高地厚的，她脾气还硬得很，绝不会上一次当，学一次乖！过几天，她又会原形毕露的！今天是挨打，下次，岂不是要砍头了？"便对永琪、尔泰说，"五阿哥，尔泰，你们两个常常在宫里，一定要想办法保护她才好！"

"你以为我不想保护她吗？但是，这内宫之中，还是有礼法的！虽然是兄妹，也男女有别，我和尔泰，去漱芳斋的次数太多，一样会惹起是非和议论的！"永琪说。

紫薇越想越急，便走到福晋面前，哀求着说：

"福晋，你上次说，可以把我打扮成丫头，带进宫里去！你就冒险带我进去吧，好不好？本来，我以为小燕子这两天就可以混出宫来了，现在，她又被打伤了，肯定出不来，我好想进去看看她！"

福晋一怔。

"这……还是太冒险了吧？万一被发现了，咱们怎么说呢？何况，现在刚刚发生了事，咱们更不能轻举妄动了！"

"额娘说得对！小不忍则乱大谋，你一定要忍耐！"尔康说。

紫薇急得心烦意乱：

"知道小燕子挨了打，我怎么还能忍耐呢？她一个人在宫里，身上受了伤，连个说知心话的人都没有，她怎么办呢？"她越说越急切，越想越难过，"她每次出事，原因只有一个，就是心里还记挂着我，要把格格还给我，才会说些'不当格格''不是格格'这种话……"抬头看尔康，"你以前说，她是我的'系铃人'，其实，我才是她的'系铃人'呀！我得去开导她，我得去帮她'解铃'呀！"

永琪凝视紫薇，深深一叹：

"你和小燕子，真是奇怪，她挨了打之后，说的第一句话是'还好打的不是紫薇！'而你，为了她，弄得家没有家、爹没有爹，你还记挂着她的安危！想到皇室中，

兄弟之间，为了大位之争，常常弄得骨肉相残，真觉得
不如生在民间，还能得到真情！"

　　紫薇对永琪的感慨，还无法深入，只是关心小燕子：

　　"你们要不要帮我呢？我真的想进宫去看小燕子呀！
我有预感，如果不去见她一面，把我的心态说清楚，小
燕子会出大事的！皇上的爱，这么孤傲，小燕子就算有
一百颗脑袋，也想不明白的！你们让我进宫去见她一面
吧！我发誓，我会很小心很小心，绝对不出错！只要进
去两个时辰，就够了呀！你们大家成全我吧！"

　　福伦和福晋，彼此看着，实在顾忌太多了。尔康就
走上前去，对紫薇郑重地、诚恳地说道：

　　"不是阿玛和额娘不愿意帮你！我们每一个人都想帮
你，不只帮你，还要帮小燕子！可是，你不能弄巧成拙
是不是？你仔细想一想看，现在进宫合适吗？小燕子刚
挨了打，一肚子委屈，见到你之后，还会心平气和吗？
以她的个性，以你的个性，你们说不定会抱头痛哭，泪
流成河！如果那样，岂不是惊动了宫里所有的人？现在，
小燕子身边，也是宫女太监一大堆，一个不小心，小燕
子是杀身之祸，你也不见得'有理说得清'！你想想，我
们怎么放心让你进宫呢？"

　　尔康一番话，说得合情合理，大家都纷纷点头。

　　永琪尤其赞同：

　　"大家的顾虑，真的对极了！现在，皇阿玛对小燕

子已经动了板子，如果小燕子再有什么风吹草动，问题就大了。你就算为了小燕子的安全，也要忍耐！你放心，我和尔泰，会每天去探望小燕子的，宫里又有太医，又有最珍贵的药材，她很快就会好的！"

尔泰说：

"是呀，你虽然见不到小燕子，可是，我每天都会把消息带回来给你！"

金琐也插嘴了：

"小姐，你也可以写信给她呀！她能画画给你，你也可以画画给她！请五阿哥送进去！"

"我心甘情愿，做你们两个的信差！"永琪急忙说。

大家你一言，我一语，说得仁至义尽，紫薇心里再急，也无可奈何了。

这天晚上，乾隆心绪不宁，奏折看不下去，书看不下去，事情做不下去，连打棋谱的兴趣都没有。想写写字，写来写去写不好。最后，什么事都不做了，到延禧宫去看令妃。令妃不在，他也不叫人找，也不叫人传，只是在那儿背着手，走来走去，耐心地等待着。令妃好晚才进房，看到乾隆，吓了好大一跳。

"她怎么样？"乾隆劈头就问。

令妃一愣，急忙请安。

"皇上！这样晚了，怎么还不睡觉？"

乾隆不耐地摇摇头：

"朕不困！你不是从小燕子那儿回来的吗？""是！"

"她怎样呢？"

令妃轻轻一叹：

"好像不太好！"

"什么叫'不太好'？不过打了几板子，能有多严重？总不会像上次当胸一箭，来得严重吧！"

令妃悄悄地看了乾隆一眼，唉声叹气：

"皇上啊！上次当胸一箭，只是外伤，现在，可是外伤加内伤啊！"

乾隆一惊：

"怎么还会有'内伤'呢？谁打的？"

"皇上打的啊！"

"朕何时打过她？"乾隆又一愣。

"皇上，女儿家的心思，您还不了解吗？在这么多人面前，皇后、容嬷嬷、太监、宫女、侍卫……还有五阿哥和尔泰，大家瞪大眼睛瞧着，她当众被打了板子，面子里子都挂不住了！最让那孩子伤心的，是皇阿玛的'疾言厉色''非打不可'啊！所以，人也伤了，心也伤了！"

乾隆震动了，真的，是个女儿呢，怎么也用板子？他心中实在后悔，嘴里却不愿承认。

"她太过分了，简直无法无天，不打不行呀！"说着，就不安地看令妃，"是不是打重了？"

令妃点点头：

“皮开肉绽了！”

乾隆一呆，立刻怒上眉梢，大骂：

“可恶！是哪个太监打的板子，明知道是打‘格格’，也真下手狠打吗？”“那可不能怪太监，皇上一直在旁边叫‘重重地打’！”令妃坦率地说。

“胡太医怎么说呢？要紧吗？”乾隆急了。

“格格不让胡太医诊治！”

“为什么不让诊治？你也由着她吗？”乾隆简直生气了。

“皇上呀，格格是姑娘家呀，冰清玉洁的！伤在那种地方，又是板子打的，她怎么好意思让太医诊治呢？瞧都不许瞧，就哭着叫着把太医赶出去了！”令妃瞅着乾隆，婉转地说。乾隆一想，也是，伤在屁股上呀，怎么看大夫呢？

“那‘紫金活血丹’有没有吃呢？伤口有没有上药呢？”乾隆更急了。

“不肯吃药，也不肯上药，谁的话都不听！丫头太监们跪了一地求她，她把药碗全给砸了！”

“什么？脾气还是这么坏？打都打不好？”乾隆大惊。

“也难怪她，发着高烧，人都气糊涂了，烧糊涂了！”

“怎么会发高烧呢？”乾隆越听越惊了。

“胡太医说，发烧是伤口引起的，再加上什么‘急怒攻心，郁结不发’……这热就散不出来，说是吃两帖药

就好了！开了药方，也熬了药，可是，这个牛脾气格格，
就是不吃……口口声声说，死掉算了！"

乾隆再也按捺不住，往门外就走。

"她敢不吃？朕自己去瞧瞧！"

令妃慌忙喊：

"蜡梅！冬雪！小路子……大家跟着！"

小燕子趴在床上，昏昏沉沉地躺着，哭得眼睛肿肿
的。明月、彩霞在床边侍候着，擦汗的擦汗，擦泪的擦
泪，两人苦苦地劝解着：

"格格，不要伤心了，我让厨房熬一点稀饭来吃，好
不好？"明月问。

小燕子不睁眼睛，也不说话。

"格格，你这样不行呀，药也不吃，东西也不吃，就
是铁打的身子，也禁不起呀……令妃娘娘拿了最好的金
疮药膏来，五阿哥又特地送了一盒'九毒化瘀膏'来，
说是好得不得了，让奴婢帮你擦一擦吧！"

彩霞哀求着。

小燕子动也不动。

门外忽然传来小邓子和小卓子的大叫声：

"皇上驾到！"

接着，是乾隆的声音：

"通通站在外面，不要跟着！朕自己进去！"

乾隆声到人到，已经大步跨进房。

小燕子大惊，蓦地睁开眼睛，见到乾隆，吓得从床上一跃而起，想跪下身子磕头，奈何一个头昏眼花，竟跌落在地，砰然一响，撞到伤处，痛得失声大叫：

"哎哟！"

明月、彩霞正跪在地上喊"皇上吉祥"，见到这等局面，急忙连滚带爬冲过来，要扶小燕子。

谁知乾隆比明月、彩霞都快，已经一弯腰，抱起小燕子。

乾隆凝视着臂弯里的小燕子，小燕子觉得丢脸，不敢看乾隆，用袖子蒙住自己的脸，把整个脸庞都遮得密不透风。

乾隆一语不发，轻柔地把小燕子放上了床，知道她不能仰卧，细心地将她翻转。

小燕子呻吟着，只能趴着身子，觉得丢脸已极、沮丧已极。她现在终于知道"皇上"的意义和权威了，对乾隆是又爱又怕。她把棉被一拉，把自己连头蒙住，从棉被中呜呜咽咽地说：

"皇阿玛，跪地磕头，学了三天，还是没磕好！你别生气……我在棉被里给您磕头！"她的脑袋，就在棉被中动来动去。

乾隆又是心痛，又是困惑，又是好笑，又是好气。

"干吗蒙着脸？把棉被拉开！"

"我不！"小燕子蒙得更紧了。

"这样蒙着头，怎么透气？"乾隆命令地喊，"拉开！"

"不能透气就算了……"

乾隆回头看明月、彩霞：

"给你们主子把棉被拉下来！"

"是！"明月、彩霞便上前去拉棉被，谁知小燕子死命扯住棉被，就是不肯露面，和明月、彩霞拉拉扯扯，挣扎地喊着：

"不要！我不要！让我蒙着！"

乾隆忍无可忍，推开明月、彩霞，一伸手，把棉被从小燕子头上拉下。

"你到底在闹些什么？不要见皇阿玛了吗？"

小燕子没有棉被"遮羞"，就慌忙把脸孔埋在枕上，哽咽说：

"小燕子没有脸见皇阿玛！没有脸见任何人了！"

"那么，你预备从今以后，就蒙一床大棉被过日子吗？"

小燕子埋着脸不说话。

乾隆瞪着她，声音不知不觉地柔和下来：

"给皇阿玛打两下，有什么不能见人的？"说着，就伸手去把她的脸从枕头上扭转过来，一面摸着她的额头，摸到满头滚烫，不禁大惊，"烧成这样子，为什么不吃药？为什么不看大夫？"小燕子偷眼看乾隆，泪，忍不住就纷纷滚落。

“不想吃！”

“什么叫不想吃？药也由得你想吃才吃，不想吃就不吃吗？”乾隆生气地说。

“反正……迟早是会给皇阿玛杀掉的，吃药也是白吃！早点死了早超生！”

乾隆瞪着小燕子，看到她烧得脸庞红红的，眼睛里泪汪汪，虽然痛得不能动，还是一副“要头一颗，要命一条”的样子，看起来真是又可怜又让人无奈。

乾隆是皇帝，所有的人对他言听计从，他从来没有应付过这样的格格，竟然觉得自己有些手足无措，招架不住了。

“这是什么话？打你几下，你就负气到这个程度，你的火气也太大了吧！”他咳了一声，清清嗓子，勉强板起脸来，用力地说，“朕要你吃药！听到没有？朕命令你，听到没有？这是‘圣旨’，听到没有？”便抬头对明月、彩霞吼道，“你们还不赶快去把药重新熬过，端来给格格吃！你们两个，会不会侍候？”明月、彩霞吓得魂飞魄散，慌忙连声应着：

“喳！奴婢该死，奴婢遵命！”一面急急出房去。

乾隆见房中已无人，就收起了那股“皇上架势”，俯身对小燕子温柔地说：

“今天打你的时候，令妃说，‘打在儿身，痛在娘心’。其实，爹和娘是一样的！‘打在儿身，也痛在朕心’！当时，你也实在太不像样了，你逼得朕不能不打你！你这种个性，就是会让自己吃亏呀！现在，打过了，也就算了，不要伤心了，好好地吃药，知道吗？"小燕子听到乾隆这么温情的几句话，再也熬不住，"哇"的一声，放声痛哭了。

"别哭呀！你这是怎么了？疼吗？很疼吗？"乾隆急得不知道该怎么办了。

"我以为……我以为，皇阿玛再也不喜欢我了！"小燕子抽抽噎噎地喊。

乾隆眼中一热，眼眶竟然有些潮湿起来。

"傻孩子，骨肉之情是天性，哪有那么容易就失去了？"

乾隆一句"骨肉之情是天性"，让小燕子又惊得浑身打冷战。

乾隆见小燕子打冷战，脸色青一阵、白一阵，心里实在焦急。

"怎么？为什么发抖？冷吗？朕得宣太医来，不看伤口，总得把把脉！那个'紫金活血丹'是救命良药，怎么不吃？"小燕子又是感动，又是害怕，对乾隆真的"敬畏"极了。

"我吃药，我待会儿马上就吃药，不敢不听话了，不敢'抗旨'了……可是……可是……"

"可是什么？""我终有一天，会让皇阿玛失望的……会让皇阿玛砍我脑袋的……"小燕子越想越怕，痛定思痛。

乾隆凝视她，纳闷地说：

"朕这次真的把你吓坏了，是不是？朕又不是暴君，怎么会动不动就砍人脑袋呢？你为什么老是担心朕会砍你脑袋呢？放心吧！朕不会的！你的脑袋还是长得很牢的！"

"可是……可是……"

"又可是什么？"

"可是……那些规矩，我肯定学不会的……过两天，我又会挨打的……"

乾隆见小燕子眼神悲戚，泪眼凝注，平日的神采焕发、趾高气扬，已经完全消失无踪，心里就紧紧地一抽。

"唉！"他长叹一声，"不能要求你太多，这宫中规矩嘛，学不会，也就算了！你，把心情放宽一点吧！快快好起来，才是最重要的！知道吗？"

小燕子眼睛蓦地一亮。

"我可以不学规矩了？"乾隆因小燕子眼睛这"一亮"，心里也跟着"一亮"。

"是！你可以不学规矩了！"

小燕子急忙在枕上磕了一个头，说：

"谢皇阿玛恩典！"

乾隆深深地看着小燕子，看到她身子一动，难免痛得龇牙咧嘴，脸上又是泪，又是汗，好生狼狈。想到自己把一个生龙活虎、欢欢喜喜的女儿，折腾成这样，他的心里，就更加柔软，更加心痛和后悔莫及了。

当小燕子无奈地躺在床上养伤的时候，紫薇也陷进了一份深深的无奈里。

紫薇没办法进宫，懊恼极了。所幸，知道小燕子身体逐渐复原，皇上依然宠爱，居然免除了她"学规矩"的苦差事，小燕子总算因祸得福。可是，紫薇仍然觉得惴惴不安，一天到晚，代小燕子捏把冷汗。尔康看她这么不快乐，一连几天，都带她出门去。他们去了大杂院，给孩子和老人们送去了无数的东西，吃的穿的都有。柳青、柳红看到尔康对紫薇那么小心翼翼，两人就心知肚明了，许多疑问，在紫薇的难言之隐中，也都咽下去了。

紫薇的不快乐，其实不只是为了小燕子，也有一大部分是为了尔康。尔康察言观色，将心比心，对紫薇的心事，也体会出来了。自从紫薇那天一句"我留下"，他就想了千遍万遍，如何"留"她？越想，心里也越乱。

这天，尔康带她来到一个幽静的山谷。这儿，像个世外桃源。群山环绕，满目苍翠，风微微，云淡淡，水清清。有条清澈的小溪，从绿树丛中，蜿蜒而过。小溪旁，几株桃花，开得一树灿烂，微风一过，落英缤纷。

尔康和紫薇站在水边，两人迎风而立，衣袂飘飘。

"哇！怎么有这么美丽的地方？简直是个仙境！"

紫薇喊着。

"这是我常常来的一个地方，我给它取了一个名字，叫作'幽幽谷'，是我秘密的藏身之处。小时候，每当心里不痛快，就会到这儿来！看看山，看看水，听着风声，听着鸟叫，一待就是好几个时辰，然后，所有的烦恼就都没有了。今天，难得带你出来，就忍不住要把这个好地方，跟你分享！"

"像你这样什么都不缺的人，也会有不痛快和烦恼吗？"紫薇问。

"喜怒哀乐是每一个人的本能，应该没有阶级之分，大家一样的，我当然也有我的烦恼！"

紫薇点点头，看着山色如画，不禁出起神来。

"你有心事！"尔康凝视她。

紫薇一笑：

"从你认识我那天开始，我就一肚子心事！"

尔康一叹：

"本来，你只有进宫的心事，现在，又添了我！"

紫薇震动了，看看尔康，不说话。尔康紧紧地凝视她，似乎想一直看到她内心深处去，半晌，才真挚而诚恳地说：

"紫薇，有几句心里话，一定要跟你说！"

紫薇点点头。

"自从那天，我向你表明了心迹，这些日子，我想了很多很多！”

紫薇专注地听着。

“我第一句要告诉你的话是，我要定了你！”

紫薇一震。

“可是，如何要你，成为我现在最大的难题。你知道，在我这样年龄的王孙、公子，早就成婚了，我之所以还没成亲，是因为皇上迟迟没有指婚！”

紫薇睁大眼睛看着尔康。

“你或者还不知道，我和尔泰的婚姻，都不操在父母手里，而是操在皇上手里！事实上，皇上早在五六年前，就看上了我，曾经要把六格格指给我，阿玛和额娘心里都有数，只等我们长大。谁知道，六格格却生病夭折了，皇上难过得不得了，我的婚事，就这样耽误下来了！”

“我懂了！”紫薇轻轻地说。

尔康对紫薇摇摇头：

“不！你没有懂！我要告诉你的是，我和尔泰，都是皇上看中的人选。因为皇上的宠爱，就连父母，都没有办法为我们的婚姻做主，更别说我们自己了！”

“我懂了！”紫薇又说，眼神里已经透着凄凉。

“你还是没有懂！我要说的是，不论你是格格，还是一个民间女子，不论你未来怎样，我的心念已定，我要娶你为妻！但是，皇上一定不会把你指给我，因为他根本不知道这世界上有一个你！这件事好像是老天开我的玩笑，我身边有一个格格，皇上要我当额驸，我却没办法告诉他，请把紫薇指给我！"

紫薇的眼睛亮晶晶的，一眨也不眨地看着他。

"你的心我懂了，你的意思我也懂了！一直就觉得奇怪，为什么你还没成亲，现在都明白了！我早就知道，你的地位和身份，一定会娶一个金枝玉叶！我也说过，我没有奢望。为你留下，只是情不自禁！事实上，这些日子，我也想了很多。我第一句要告诉你的话就是，请放了我吧！"

尔康大震，变色了。

"你是什么意思？""我想来想去，我们之间，是没有未来的！一个没有未来的'相遇'，是一个永远的折磨！我们结束它吧！"

尔康激动起来：

"怎么会没有未来？我要告诉你的就是，我们有一条艰苦的路要走，我希望你在各种恶劣的情势下，都不要退缩！请你相信我，我的心有如日月，你一定要对我有信心！现在，皇上并没有指什么人给我，我左思右想，我唯一的一条路，就是在指婚之前，找个机会，对皇上坦白。告诉他，我爱上了一个民间女子，请他成全。"

紫薇吓了一跳，瞪着尔康：

"他怎么会成全呢？他会生气的！你千万千万不要说！"

"你何以见得他不会成全呢？"尔康反问，"如果他生气，我就问他，还记得大明湖畔的夏雨荷吗？"紫薇大大地震动了，睁大眼睛看着尔康，惊喊着说：

"你不要吓我！你把我弄得心慌意乱了！我已经为了小燕子，在这儿六神无主，你又说这些异想天开的话！我听得心惊胆战，你不能这样做的！皇上就是皇上，他可以做的事，你不能做！何况……"她痛苦地吸了一口气，用力地说出来，"他从来没有'娶过'夏雨荷！"这句话像当头一棒，敲得尔康一阵晕眩。

是啊！乾隆对雨荷只是逢场作戏，事情过了就"风过水无痕"了。自己的举例，实在该打！

"好好，我说得不对！我不会冲动，去将皇上的军！怎么办，我再慢慢想办法，我说了这么多，主要就是要告诉你，我的处境，和我的决心！请你千万千万要相信我，要给我时间去安排一切！"

尔康说着，便伸手握住紫薇的手。

紫薇震动了一下，便矜持地、轻轻地把手抽开，难过地低下头去。

尔康受伤了。

"怎么？忽然把我当成毒蛇猛兽了？"

紫薇眼中含泪了。

"不是这样，因为你提到我娘，我想起娘临终对我说的最后一句话！说完那句话，她就闭目而逝了！"

“是什么？”

“她说……‘紫薇，答应我，永远不做第二个夏雨荷！’”尔康大震，不由自主退后了一步，立刻了解到紫薇那种心情，私订终身，只怕历史重演，步上夏雨荷的后尘。如果自己跟乾隆一样，只有空口白话，不管多少承诺，对紫薇而言，都是一种亵渎！

尔康凝视着紫薇，但见紫薇临风而立，自有一股不可侵犯的高贵与美丽。他被这样的美丽震慑住了，不敢冒犯，只是痴痴地看着她。心中，却暗暗地发了一个誓，除非明媒正娶，洞房花烛，否则，决不侵犯她！决不让她变成第二个夏雨荷！

溪水潺潺，微风低唱，花自飘零水自流。

两人默默伫立，都感到愁肠百结，体会到情之一字，带来的深刻痛楚了——

第一册完，待续第二册《水深火热》

（京权）图字：01-2024-1723

图书在版编目（CIP）数据

还珠格格 . 第一部 . 1，阴错阳差 / 琼瑶著 . -- 北京：作家出版社，2024.10

（琼瑶作品大合集）

ISBN 978-7-5212-2863-2

Ⅰ. ①还…　Ⅱ. ①琼…　Ⅲ. ①长篇小说 - 中国 - 当代　Ⅳ. ①I247.5

中国国家版本馆 CIP 数据核字（2024）第 089669 号

还珠格格　第一部 1　阴错阳差

作　　　者：琼　瑶
责任编辑：翟婧婧
装帧设计：棱角视觉　纸方程·于文妍
出版发行：作家出版社有限公司
社　　　址：北京农展馆南里 10 号　　　　邮　　编：100125
电话传真：86 - 10 - 65067186（发行中心）
　　　　　86 - 10 - 65004079（总编室）
E - mail: zuojia@zuojia. net. cn
http: // www. zuojiachubanshe. com

字　　数：116 千
印　　张：6.625
版　　次：2024 年 10 月第 1 版
印　　次：2024 年 10 月第 1 次印刷
ISBN　978 - 7 - 5212 - 2863 - 2
定　　价：32.00 元

品 琼 瑶 经 典

忆 匆 匆 那 年

琼 瑶 作 品 大 合 集

1963	《窗外》	1981	《燃烧吧！火鸟》
1964	《幸运草》	1982	《昨夜之灯》
1964	《六个梦》	1982	《匆匆，太匆匆》
1964	《烟雨蒙蒙》	1984	《失火的天堂》
1964	《菟丝花》	1985	《冰儿》
1964	《几度夕阳红》	1989	《我的故事》
1965	《潮声》	1990	《雪珂》
1965	《船》	1991	《望夫崖》
1966	《紫贝壳》	1992	《青青河边草》
1966	《寒烟翠》	1993	《梅花烙》
1967	《月满西楼》	1993	《鬼丈夫》
1967	《翦翦风》	1993	《水云间》
1969	《彩云飞》	1994	《新月格格》
1969	《庭院深深》	1994	《烟锁重楼》
1970	《星河》	1997	《还珠格格第一部1阴错阳差》
1971	《水灵》	1997	《还珠格格第一部2水深火热》
1971	《白狐》	1997	《还珠格格第一部3真相大白》
1972	《海鸥飞处》	1997	《苍天有泪1无语问苍天》
1973	《心有千千结》	1997	《苍天有泪2爱恨千千万》
1974	《一帘幽梦》	1997	《苍天有泪3人间有天堂》
1974	《浪花》	1999	《还珠格格第二部1风云再起》
1974	《碧云天》	1999	《还珠格格第二部2生死相许》
1975	《女朋友》	1999	《还珠格格第二部3悲喜重重》
1975	《在水一方》	1999	《还珠格格第二部4浪迹天涯》
1976	《秋歌》	1999	《还珠格格第二部5红尘作伴》
1976	《人在天涯》	2003	《还珠格格第三部天上人间1》
1976	《我是一片云》	2003	《还珠格格第三部天上人间2》
1977	《月朦胧鸟朦胧》	2003	《还珠格格第三部天上人间3》
1977	《雁儿在林梢》	2017	《雪花飘落之前——我生命中最后的一课》
1978	《一颗红豆》	2019	《握三下，我爱你——翩然起舞的岁月》
1979	《彩霞满天》	2020	《梅花英雄梦之乱世痴情》
1979	《金盏花》	2020	《梅花英雄梦之英雄有泪》
1980	《梦的衣裳》	2020	《梅花英雄梦之可歌可泣》
1980	《聚散两依依》	2020	《梅花英雄梦之飞雪之盟》
1981	《却上心头》	2020	《梅花英雄梦之生死传奇》
1981	《问斜阳》